Clássicos Juvenis TRÊS POR TRÊS

TRÊS PAIXÕES

TRISTÃO E ISOLDA
Béroul e Gottfried de Strassburg

CYRANO DE BERGERAC
Edmond Rostand

O PROFUNDO CÉU AZUL...
Giselda Laporta Nicolelis

ILUSTRAÇÕES ROBERTO WEIGAND
COORDENAÇÃO MARCIA KUPSTAS

1ª edição
Conforme a nova ortografia

Coleção Três por Três

Gerente editorial
Rogério Gastaldo

Editora-assistente
Andreia Pereira

Revisão
Pedro Cunha Jr. e Lilian Semenichin(coords.) / Aline Araújo

Pesquisa iconográfica
Cristina Akisino (coord.)

Gerente de arte
Nair de Medeiros Barbosa

Assistente de produção
Grace Alves

Diagramação
Aeroestúdio

Coordenação eletrônica
Silvia Regina E. Almeida

Colaboradores
Projeto gráfico
Aeroestúdio

Ilustrações
Roberto Weigand

Coordenação
Marcia Kupstas

Suplemento de leitura e projeto de trabalho interdisciplinar
Silvia Oberg

Preparação de textos
Silvia Oberg / Andreia Pereira

Impressão e acabamento
Forma Certa

Dados Internacionais de Catalogação na Publicação (CIP)
(Câmara Brasileira do Livro, SP, Brasil)

Três paixões / ilustrações Roberto Weigand. – 1. ed. – São Paulo : Atual, 2010.
– (Coleção Três por três : clássicos juvenis / coordenação Marcia Kupstas)

Conteúdo: Tristão e Isolda / Béroul e Gottfried de Strassburg – Cyrano de Bergerac / Edmond Rostand – O profundo céu azul / Giselda Laporta Nicolelis.

ISBN 978-85-357-1372-5

1. Literatura infantojuvenil I. Béroul. II. Gottfried, von Strassburg. III. Rostand, Edmond, 1868-1918. IV. Nicolelis, Giselda Laporta. V. Weigand, Roberto.
VI. Kupstas, Marcia. VII. Série.

10-09799   CDD-028.5

Índices para catálogo sistemático:
1. Literatura infantojuvenil 028.5
2. Literatura juvenil 028.5

8ª tiragem, 2022

Copyright © Giselda Laporta Nicolelis, 2009.
SARAIVA Educação Ltda.
Rua Henrique Schaumann, 270 – Pinheiros
05413-010 – São Paulo – SP

SAC | 0800-0117875
De 2ª a 6ª, das 8h30 às 19h30
www.editorasaraiva.com.br/contato

Todos os direitos reservados.

810936.001.008

SUMÁRIO

Prefácio
   Três paixões indesejadas 7

TRISTÃO E ISOLDA 11

   Béroul e Gottfried de Strassburg
   1. A infância de Tristão
   2. Tristão × Morholt
   3. A disputa pelo trono
   4. A poção mágica
   5. A desconfiança
   6. A terrível vingança
   7. A revanche
   8. Descobrindo a verdade
   9. Unidos para sempre...

CYRANO DE BERGERAC 35

Edmond Rostand
1. O personagem
2. As cartas
3. Desdobramentos
4. A farsa continua
5. As coisas se precipitam...
6. No campo de batalha
7. Reviravolta
8. Revelações

O PROFUNDO CÉU AZUL... 59

Giselda Laporta Nicolelis
1. Os amigos
2. A chegada
3. O cativeiro
4. E agora?

TRÊS PAIXÕES INDESEJADAS

Três autores, três épocas, três lugares... e um tema central, reunindo três diferentes narrativas. Quantas semelhanças pode haver entre essas histórias, quantas são suas particularidades...

A paixão. Quanto o ser humano já discutiu *apaixonadamente* sobre esse sentimento, diferenciando-o do amor e da amizade! Quanto já se avaliou o aspecto enlouquecido e enlouquecedor da paixão que assola, feito uma doença incurável, o coração frágil dos apaixonados! Porém, sem entrar no mérito de diferenciá-la do amor, há alguns pontos comuns em todos os casos de paixão: sua intensidade; sua urgência, que atrai os apaixonados feito imã e ferro; sua ousadia, que os conduz até a transgressão de normas éticas ou morais, desde que o desejo se realize. Esse volume apresenta paixões que contêm todos esses elementos, mas também um diferencial: são paixões *redimidas*, perdoáveis, porque mostram personagens contaminados "sem querer" pelo vírus delirante desse sentimento.

Tristão e Isolda é uma lenda celta do século IX, que registra a desventurada história de amor dos protagonistas. Tristão é sobrinho do rei Marcos da Cornualha e, a serviço de seu tio, vai buscar Isolda, noiva prometida do rei, na Irlanda. Durante a viagem de navio, inadvertidamente os jovens bebem uma poção, que deveria ser dada aos noivos, e se apaixonam. Por mais que tentem se afastar e aceitar o distanciamento imposto pelas convenções sociais, a paixão de ambos é avassaladora. A peça de teatro *Cyrano de Bergerac*, escrita em fins do século XIX, mostra o feio, mas inteligente e talentoso soldado Cyrano, apaixonado por sua prima Roxana. Ao saber de seu amor pelo belo (mas boçal) Cristiano, Cyrano sacrifica seus sentimentos escrevendo belíssimas cartas e poemas em lugar do rival, que funcionam como autêntico "elixir do amor" e seduzem Roxana. Em *O profundo céu azul...*, da escritora brasileira Giselda Laporta Nicolelis, o que aproxima os jovens Eduardo e Aziza é uma situação dramática, um sequestro. Aziza é noiva de Lauro, que conheceu em Londres. Viaja ao Brasil para encontrá-lo, mas este tem um sério problema e pede ao grande amigo Eduardo que busque Aziza no aeroporto. Infelizmente, Eduardo e Aziza são as "pessoas erradas no lugar errado" e acabam raptados. Dividem o cativeiro enquanto aguardam o pagamento do resgate, e é nesse momento difícil que descobrem a paixão...

Mas há fatores atenuantes que podem absolver os amantes de seu "delito de amar". Seja uma poção, cartas e poemas ou um cativeiro forçado, esses elementos externos minimizam a culpa que poderia afetar os apaixonados. Porque, sem dúvida, há uma sensação de *culpa* permeando essas paixões: Tristão é um cavaleiro honrado a serviço do tio, o monarca... Como pode se apaixonar pela sua noiva e trair a confiança do próprio rei? Cyrano é apaixonado pela prima, mas também é seu confidente, pois Roxana o considera um grande amigo. Como pode enganá-la, fingindo que Cristiano é mais culto do que realmente é, escrevendo em seu nome textos que seduzem a alma romântica de Roxana? Aziza é a noiva, e Eduardo, o melhor amigo de Lauro. Como podem trair a sua confiança e se entregar à paixão?

Como ficam todos esses personagens diante de situações complexas e conflitantes? Eles acabam "perdoados" por sentirem o que sentem por causa dos equívocos ou casualidades que envolvem a situação deles. Eles não traíram deliberadamente: tomaram uma poção por engano; escreveram cartas de amor na melhor das intenções ou ficaram presos contra a vontade. E acabaram se apaixonando... Ah! Foi *sem querer*. Por isso, vivem paixões *desculpáveis* – seja pela sociedade ou pelos amigos dos protagonistas.

Entretanto, a coleção **Três por Três** pretende não só aproximar essas narrativas quanto a seu assunto central, mas permitir que o leitor reconheça suas diferenças. No texto medieval ou na peça de teatro (representada com sucesso no início do século XX, mas ambientada na Paris do século XVII), as pessoas podem perdoar os apaixonados que traem o voto de confiança de outras pessoas, mas isso não os impede de viver um desfecho melancólico. Já *O profundo céu azul...* é um texto atual; Aziza e Eduardo são forçados a se conhecerem por circunstâncias violentas, mas a partir do reconhecimento da mútua paixão podem refazer suas opções com mais tranquilidade. Afinal, é reprovável se apaixonar pela noiva do melhor amigo, mas isso não tem o peso transgressor de trair o próprio rei... Ao facilitar a concretização da paixão, nossos tempos se mostram mais benevolentes do que outras épocas.

A proposta inovadora da coleção **Três por Três** consiste na adaptação modernizada de textos antigos, de autores significativos da literatura universal, que dialogam com uma história de escritor brasileiro, também autor das adaptações. E tem como desafio maior seduzir o jovem leitor para que conheça o que já foi feito em outras épocas, sobre temas que, mesmo em nossos dias, continuam relevantes e desafiadores.

Boa leitura!

Marcia Kupstas

TRISTÃO E ISOLDA
Lenda medieval celta de amor.

Versão baseada nos fragmentos de
Béroul e de Gottfried de Strassburg

Adaptação de Giselda Laporta Nicolelis

BÉROUL (OU BEROL) E GOTTFRIED DE STRASSBURG.

Trovadores medievais (século XII).

É impossível traçar uma biografia conclusiva de Béroul, poeta de origem normanda que escreveu uma das versões mais antigas da lenda celta de Tristão e Isolda. O que sabemos (ou intuímos) é através dos fragmentos em francês arcaico, datados da década de 1170.

A lenda foi bastante registrada nos séculos XII e XIII; há trechos de 1160 (aproximadamente) da autoria de Thomas da Inglaterra, e os estudiosos supõem que uma versão ainda anterior dessa história originou as demais, mas se perdeu.

Pela análise do texto, supõe-se que Béroul tenha estudado em escola monástica, por usar certos termos comuns ao ambiente clerical.

A composição dos versos sugere um ritmo oral, o que era típico na obra dos trovadores errantes, que declamavam suas obras nos castelos e vilas. Provavelmente era o caso de Béroul e isso explica sua familiaridade com a paisagem da Inglaterra e da Cornualha, presentes em Tristão e Isolda, sugerindo que o autor conhecia tais lugares.

A literatura trovadoresca teve uma força extraordinária na Idade Média. Não apenas no registro de lendas antigas como na criação de versos próprios, os trovadores e menestréis eram, em sua maioria, não nobres que se destacavam pela arte e ganhavam status nas cortes. Segundo a historiadora Chistiane Marchello-Nizia, "a poesia dos trovadores 'inventa' o que se tornará uma ideia muito difundida(...) amar e cantar não apenas rimam, como são uma coisa só. Uma está na origem da outra(...) a expressão amorosa transforma-se no próprio amor. O amante perfeito é o melhor poeta" (in: LEVI, G. (org.) História dos Jovens: da Antiguidade a Era Moderna. v.1. São Paulo: Companhia das Letras, 1996.).

Outro trovador que se destacou na abordagem do tema de Tristão e Isolda foi Gottfried de Strassburg. Provavelmente seu trabalho traz a mais completa versão medieval da lenda (cerca de 1210). Certamente ele se baseou nas versões francesas anteriores, mas deu características próprias à história.

Pouquíssimo se sabe sobre a vida de Gottfried de Strassburg, exceto a intenção "didática" da obra, defendida no prefácio. Possivelmente foi educado em um mosteiro e, mesmo que não fosse nobre de nascimento (a maioria dos menestréis e trovadores não o era), tinha livre acesso na corte de Wellborn, onde atuou.

Seu Tristão e Isolda *defende a tese de que o "amor enobrece através do sofrimento" e apresenta aos contemporâneos um ideal de amor cortês que, ao contrário das versões primitivas da lenda, minimiza a influência da poção mágica, tornando-a mais um símbolo da irresistibilidade da paixão e da sua força trágica, do que amorosa e adúltera. Quanto ao estilo, é mais elaborado tecnicamente do que as anteriores. Foi a fonte inspiradora da ópera* Tristão e Isolda, *de Richard Wagner (1859).*

A *relevância da lenda de* Tristão e Isolda *deve-se, aliás, muito mais a essa ópera do que a versões literárias. O estudioso medievalista francês Joseph Bédier (1864-1936) escreveu uma histórica e detalhada adaptação de* Tristão e Isolda *em 1900 que, se popularizou a lenda em diversas partes do mundo, não chegou a rivalizar com clássicos como* Romeu e Julieta, *por exemplo, também uma história medieval de amantes trágicos, que contou com o talento extraordinário de William Shakespeare para lhe dar contornos de obra-prima.*

Tristão e Isolda *é um belo exemplo da força irresistível da paixão e de como os apaixonados podem enfrentar céus e terras, homens e deuses, para ficarem juntos. É isso que lhe traz perene destaque na literatura mundial.*

1
A INFÂNCIA DE TRISTÃO

HÁ MUITO TEMPO, reinava na Cornualha, região que hoje pertence à Grã-Bretanha, um poderoso rei chamado Marcos, que estava sempre em guerra com seus inimigos.

Marcos tinha uma irmã, a bela Brancaflor, a qual ele concedeu em casamento a seu amigo e aliado, Rivalen, rei de uma terra do outro lado do mar...

Rivalen, porém, logo partiu para uma nova batalha, deixando a esposa grávida. E, meses depois, veio a trágica notícia de que ele fora morto à traição. Quando a criança nasceu, Brancaflor deu-lhe o nome de Tristão, que significa tristeza. E, destroçada pela dor, também morreu.

Órfão em tão tenra idade de pai e mãe, Tristão foi então entregue a seu tio Marcos, no castelo de Tintagel, que o criou com todo o desvelo e carinho, e do qual, ao crescer, recebeu as armas de cavaleiro. Depois disso, atravessou o mar, dasafiou e matou o assassino de Rivalen, seu pai, recuperando, assim, o seu trono e o respeito de seus vassalos.

Mas Tristão, como era nobre de coração e sabia que o rei Marcos não viveria mais sem a sua presença, abdicou do trono, deixando no poder um nobre fiel a seu falecido pai, para voltar às terras de seu tio.

2
TRISTÃO X MORHOLT

AO REGRESSAR, TRISTÃO encontrou o reino de Marcos em polvorosa: o rei da Irlanda ameaçava invadir a Cornualha com uma grande frota, se não lhe fosse pago um tributo que estava atrasado havia 15 anos.

Por um antigo tratado, os irlandeses podiam cobrar da Cornualha, no primeiro ano, trezentas libras de cobre; no segundo, trezentas libras de prata; e no terceiro, trezentas libras de ouro. No quarto ano, porém, eles teriam o direito de levar, como servos, trezentos jovens, de ambos os sexos, de 15 anos de idade, sorteados entre as famílias do reino. Achando esse tratado absurdo, o rei Marcos recusava-se a pagar o tributo, daí a razão da discórdia.

O rei da Irlanda enviou à corte de Marcos um guerreiro considerado invencível, Morholt, seu cunhado, para cobrar o devido tributo. Este, como alternativa ao ataque dos navios, propôs que um cavaleiro da corte de Marcos o enfrentasse em duelo mortal: se o outro porventura o vencesse, o tributo não precisaria ser mais pago; caso contrário, continuaria em vigor.

Os nobres da corte de Marcos entreolharam-se perplexos e assustados: Morholt era um verdadeiro gigante, tinha a força de quatro homens fortes, e uma espada famosa por degolar os inimigos. Quem, em sã consciência, teria coragem de enfrentar tal desafio?

Foi então que Tristão apresentou-se como cavaleiro do rei Marcos para enfrentar Morholt. E, ainda que o tio, certo de sua morte, tentasse dissuadi-lo, permaneceu firme na sua decisão.

Vestiu sua loriga, o colete de couro revestido de placas de metal, colocou o elmo na cabeça, pegou o escudo e a espada e dirigiu-se numa barca para a ilha onde seria o combate. Enquanto isso, tanto os nobres da corte quanto o povo choravam a morte precoce de tão bravo cavaleiro.

A luta foi terrível. Quando, finalmente, a barca voltou, grande foi a surpresa de todos ao verem que quem retornara vivo e vencedor era Tristão, que mostrou a espada ainda sangrenta em cujo gume faltava um fragmento de aço que ficara cravado no crânio do inimigo. Este, por sua vez, também lutara bravamente até ser vencido.

Tristão subiu ao castelo de Tintagel, sob a alegria retumbante do povo e, principalmente, dos jovens que foram libertados. Mas não pôde comemorar o seu feito, porque das feridas que Morholt lhe fizera com sua espada envenenada agora saía sangue negro e um cheiro tão putrefato que todos se afastavam dele, menos seu tio, o rei Marcos.

Enquanto isso, na Irlanda, os companheiros de Morholt desembarcavam com seu corpo colocado num saco de couro e ainda com o pedaço da espada de Tristão cravado em seu crânio. Sobre seu cadáver choravam agora a sua irmã, a rainha, e a sobrinha, Isolda, a Loura, a dos Cabelos de Ouro, cuja beleza era tão ofuscante quanto o Sol. E, ao guardar o fragmento da espada assassina num pequeno cofre de marfim, Isolda jurou que odiaria para sempre o matador do seu querido tio.

Na Cornualha, Tristão, independente de todos os cuidados que lhe eram prestados, piorava cada vez mais. Pediu então ao rei Marcos que fosse colocado numa barca sem vela, remos, ou espada, apenas com uma harpa a seu lado. E a barca foi empurrada no mar até que se perdeu na distância...

Por sete dias e sete noites, o mar levou o corpo de Tristão, cada vez mais enfraquecido pelo veneno... Com suas últimas forças, ele ainda tocava a harpa. Foi então que, ouvindo aquele som tão delicado, alguns pescadores o encontraram já agonizante e o entregaram a uma grande dama, famosa por sua arte com as ervas, que lhe permitia salvar muitas vidas.

A dama era Isolda, a Loura, a dos Cabelos de Ouro. Sem saber que o ferido era Tristão, o matador do seu querido tio Morholt, e também sem se identificar como filha do rei, Isolda o curou. Tristão, muito esperto, percebendo que estava em terra inimiga, inventou que era um trovador que viajava num navio mercante que naufragara.

Quarenta dias depois de ter chegado à Irlanda, Tristão despediu-se de Isolda e voltou para o reino de seu tio Marcos.

Por uma ironia, o destino agora separava aqueles que mais tarde estariam implacavelmente unidos tanto no amor quanto na morte.

3
A DISPUTA PELO TRONO

O REI MARCOS NÃO ERA CASADO e nem tinha descendentes e, por amar Tristão como se fosse seu próprio filho, começaram a correr rumores de que ele decidira que o sobrinho seria o herdeiro do trono.

Na corte havia quatro barões de caráter duvidoso que odiavam Tristão tanto por inveja da sua coragem quanto pelo amor que o rei dedicava a ele.

Sabedores da intenção do rei, eles começaram a espalhar rumores de que Tristão era, na verdade, um feiticeiro: qual homem, diziam eles, teria vencido Morholt, aquele gigante jamais derrotado em combate? Qual homem teria sobrevivido ao terrível veneno que se entranhara em suas feridas e voltado vivo e são depois de ser lançado ao mar num barco, praticamente agonizante? Só podia ser coisa mesmo de um feiticeiro.

E, com essas e outras palavras hábeis, convenceram os outros barões da corte de que o trono, após a morte do rei Marcos, jamais poderia ser entregue a um suposto feiticeiro como Tristão. Urgia que o rei se casasse, pois ainda tinha idade para isso, e gerasse com uma princesa real o herdeiro para o trono.

O rei Marcos resistiu o quanto pôde a tal proposta. Mas foi o próprio Tristão quem o convenceu a se casar, dizendo:

– Meu soberano e senhor, não quero que o meu amor por vós seja confundido como mesquinho interesse de herdar vosso trono. Pelo amor que também tendes a mim, escolhei uma princesa para que ela lhe dê um herdeiro. Basta-me o fato de ter sido criado como filho pela vossa generosidade. Minha vida se resume em servi-lo, com todo o afeto do meu coração.

Marcos, emocionado, convenceu-se de que precisava procurar uma esposa. E, sozinho em seus aposentos, meditava: onde encontraria uma princesa que fosse realmente capaz de amá-lo? Nesse instante, como que respondendo aos seus pensamentos, duas andorinhas entraram pela janela, trazendo no bico um longo fio de cabelo dourado que brilhava à luz do Sol.

Marcos chamou os barões e disse:

– Achem-me a dona deste cabelo e ela será minha rainha.

Os barões entreolharam-se espantados:

– Onde acharíamos tal mulher, majestade? Isso é impossível.

Tristão, que acompanhara os barões, respondeu, animado:

– Eu sei de qual jovem saiu este fio de cabelo, meu senhor. É de uma bela dama que tem os cabelos tão dourados que até ofuscam a luz do Sol. Com vossa permissão, voltarei à terra dos meus inimigos. Se não morrer na missão, juro pela minha honra que lhe trarei a mais bela de todas para ser a rainha.

Marcos concordou. Tristão, então, mandou preparar uma bela nau, com provisões que durassem toda a viagem. Para viajar com ele levou um fiel guerreiro, Gorvenal, além de cem jovens da mais alta linhagem do reino, disfarçados com roupas grosseiras. No convés, estavam escondidos seus ricos trajes bordados a ouro, como convinha a mensageiros de rei tão poderoso. E disse ao piloto:

– Nosso destino é a Irlanda!

Embora apavorado, pois bem sabia que marinheiros inimigos que fossem capturados na Irlanda seriam enforcados por ordem do rei, o piloto obedeceu a Tristão.

Finalmente chegaram à Irlanda e apresentaram-se como mercadores vindos da Inglaterra. Apesar disso, levantavam suspeitas, pois eram homens de costumes refinados, ao contrário dos rudes homens do mar.

Certo dia, Tristão ouviu um som horrendo, que não parecia ser humano. Ficou sabendo que na redondeza havia um dragão que expelia fogo pelas ventas e que descia todas as manhãs da montanha, exigindo uma donzela para devorar. O rei da Irlanda prometera até a própria filha a quem conseguisse derrotar a fera.

Tristão prometeu ao povo que derrotaria o dragão e subiu a montanha decidido a acabar com a fera. Depois de um combate infernal, finalmente conseguiu cravar sua espada no coração do dragão, que caiu morto. Mas, como teve a pele chamuscada pelas chamas expelidas, foi novamente entregue aos cuidados de Isolda.

Esta lhe preparou um banho onde colocou suas poções feitas de ervas capazes de curar as feridas. Enquanto o rapaz se banhava, Isolda resolveu limpar sua espada ainda suja do sangue do dragão. Qual não foi sua surpresa ao constatar que, no metal, faltava um pequeno pedaço. Inquieta com a descoberta, ela pegou a caixinha onde guardava o fragmento de aço retirado do crânio do seu querido tio, Morholt. Ele se encaixava perfeitamente no gume da espada.

Furiosa, ela arremeteu, de espada em punho, contra o rapaz:

– Morre, matador do meu querido tio. Pela mesma espada, morrerás!

Tristão, recuperando-se da surpresa, ao descobrir que Isolda era a filha do rei, respondeu:

– Podeis matar-me, princesa, mas escutai primeiro: por ironia da sorte, duas vezes devolvestes a minha vida, porque era eu aquele que curastes do veneno da espada de Morholt. Quanto ao combate que travamos, em luta leal, porventura ele não me desafiou? Deveria eu ter morrido, sem me defender e ao mesmo tempo salvar a honra do meu rei e, mais que isso, libertar trezentos jovens que, se fosse eu o vencido, teriam sido transformados em escravos aqui na Irlanda? E não foi também pelas donzelas daqui que arrisquei minha vida contra o dragão? E a ganhei como noiva?

Convencida pelas palavras de Tristão e já sentindo muita simpatia e admiração pelo herói, Isolda guardou a espada. Mais tarde, recuperado, Tristão apresentou-se, juntamente com seus cem companheiros, agora todos ricamente vestidos na presença do rei, que, determinado a cumprir a promessa, disse:

– Cavaleiro, sejas quem for, recebe minha filha Isolda em casamento, porque assim o determinei a quem matasse a fera.

Isolda aproximou-se do noivo. Porém, para a surpresa do rei e de todos ali reunidos, ele se identificou:

– Majestade, meu nome é Tristão e sou um príncipe real, sobrinho do rei Marcos da Cornualha. Fui eu quem matou Morholt, mas para compensar isso matei o dragão que massacrava vosso povo e conquistei a mão da bela Isolda!

Os nobres agitaram-se, indignados ao ouvir a revelação, mas o rei os fez calar e mandou que Tristão continuasse a se explicar.

– Ganhei, repito, com honra, a mão de vossa filha. Mas, na realidade, vim acompanhado de cem cavaleiros da mais alta estirpe para pedir a mão da princesa Isolda para o rei Marcos da Cornualha e transformá-la em rainha. Assim, dessa forma, a paz entre os dois reinos será selada para sempre.

O rei, satisfeito com a proposta, tomou Isolda pela mão e, levando-a até Tristão, fez com que o rapaz jurasse que a conduziria sã e salva até o seu pretendente, o rei Marcos.

Tristão jurou, enquanto Isolda estremecia de desapontamento e indignação: Tristão, um príncipe jovem e corajoso, primeiro a conquistara, e agora a desprezava.

4
A POÇÃO MÁGICA

A RAINHA, MÃE DE ISOLDA, era uma mulher infeliz – casara-se muito jovem com um homem insensível e incapaz de despertar amor numa mulher. Ela bem sabia que princesas eram apenas objetos de trocas políticas entre os reinos: quando os pais escolhiam seus futuros maridos, restava-lhes apenas obedecer e seguir seu triste destino. Assim fora com ela e o rei da Irlanda.

Decidida, porém, a que a filha tivesse um melhor destino e conhecedora das artes mágicas de preparar poções, o que, aliás, ensinara à Isolda desde que esta era criança, a rainha teve uma ideia.

Quando chegou o dia de entregar a princesa aos cavaleiros para se dirigirem à Cornualha, a rainha preparou uma poção mágica que colocou num frasco. Depois, entregando-o secretamente a Brangien, uma serva que acompanharia a filha, disse:

– Esconde este frasco, não deixes que ninguém o veja, muito menos beba o que ele contém. Mas, quando chegar a noite de núpcias, coloca este vinho numa única taça e te assegures de que tanto Isolda quanto o rei Marcos o bebam. Se assim o fizeres, eles se amarão com todos os seus sentidos e pensamentos, para todo o sempre, tanto na vida quanto na morte. E Isolda será uma mulher feliz, o que é meu maior desejo na vida.

A fiel serva Brangien prometeu que assim o faria. Logo mais todos embarcaram na grande nave em direção à Cornualha. Quanto mais se afastavam das costas da Irlanda, mais triste ficava Isolda. Será que algum dia reveria a terra natal? Ainda que Tristão tentasse consolá-la com palavras doces, ela não conseguia impedir o ódio e a revolta que tomavam seu coração. Justo ele, que matara seu tio, Morholt, era quem a tirava agora, praticamente como prisioneira, de sua adorada mãe e de seu país. Triste destino, o seu.

A natureza, porém, não colaborava. E, como os ventos tivessem parado, e as velas fossem inúteis, Tristão mandou que a nau ancorasse numa ilha próxima para que todos descansassem, marinheiros e cavaleiros. Ficaram a bordo apenas Tristão, que procurava mais uma vez consolar Isolda.

Em determinado momento, a princesa sentiu sede. Uma outra serva que desconhecia o poder da poção mágica, encontrando o frasco e, supondo que era apenas um vinho, serviu o seu conteúdo numa taça a Isolda que bebeu vários goles. Depois ofereceu o que sobrou a Tristão, que esvaziou a taça.

Nesse instante, Brangien voltava de terra firme e percebeu, horrorizada, que Tristão e Isolda se contemplavam em êxtase. Ao lado deles, o frasco agora vazio e a taça da qual haviam bebido. Desesperada, lançou o frasco ao mar, gritando:

– Maldito o dia em que nasci, maldito o dia em que entrei nesta nave! Sou uma desgraçada!

E, virando-se para o casal, advertiu:
– Pobre de vós, Tristão e Isolda. Foi a morte que bebestes!
Mas eles já não a escutavam...

Enquanto a nave seguia novamente para Tintagel, ambos só tinham olhar um para o outro.

Tristão sentia como se um arbusto cheio de flores perfumadas e também com espinhos agudos tivesse plantado raízes em seu coração... Essas raízes se entranhavam em seus braços de guerreiro e enlaçavam o corpo de Isolda, porque seu desejo por ela era tão avassalador que mais parecia um delírio...

E ele pensava, entre a paixão e o sentimento de culpa, que ele era ainda mais vil do que supunham os barões do reino de Marcos – não era a terra do tio que desejava, mas a própria esposa. Isso era inconcebível, pois Marcos era como um pai para ele, uma vez que o criara e educara desde que ficara órfão.

Isolda, por sua vez, debatia-se entre o ódio que sentira por Tristão ter matado seu tio e aquele sentimento desconhecido que a tomava inteira. Não havia mais lugar para revolta em seu coração, mas apenas uma paixão incontrolável e avassaladora...

A pobre Brangien os observava na maior angústia. Fora ela, na sua estúpida descida à ilha, quem provocara aquele mal. Por dois dias tanto Tristão quanto Isolda não comeram nem beberam – apenas buscavam um ao outro como cegos que andam tateando com as mãos o que não conseguem com os olhos... Definhavam de amor e se torturavam com a culpa.

Até que não puderam mais se conter e, mesmo ante os brados desesperados de Brandien, que tentava chamá-los à razão, abraçaram-se frementes de desejo.

E foi assim, embalados pelas doces ondas do mar, que se tornaram amantes.

5
A DESCONFIANÇA

DESDE O MOMENTO em que Isolda desembarcou do barco que a trouxera da Irlanda, Marcos ficou encantado com a noiva tão formosa. Com grandes honras, conduziu-a a seu castelo de Tintagel, onde a recebeu por esposa.

Pobre Isolda: que lhe adiantava ser rainha, sentar-se ao lado do trono de um poderoso rei como Marcos? De que lhe adiantava suas vestes luxuosas de sedas e veludos, e joias magnificentes, se seu coração palpitava pelo seu amor proibido, Tristão? Ao mesmo tempo, ela também se consumia em culpa, pois Marcos era um homem bom, marido dedicado e amoroso.

Tristão, por sua vez, obrigado a viver no próprio castelo, padecia igual suplício ao ver a amada ao lado do rei, seu marido – mais que isso, ao imaginá-la no leito nupcial, recebendo os carinhos de Marcos.

Mas a poção mágica não lhes dava sossego. E, por meio de artimanhas, os corações acelerados de medo e emoção, Isolda e Tristão sempre acabavam dando um jeito de se encontrarem em aposentos do castelo – aí, se entregavam àquela chama que parecia jamais se apagar...

Tanta paixão, tanto alvoroço, evidentemente acabaram chamando a atenção de olhos atentos e cruéis; entre eles, os dos barões invejosos do carinho que Marcos nutria por Tristão. Que maravilha, eles pensavam, se o favorito do rei fosse condenado à morte, e a rainha também pagasse o preço da traição.

Um dos barões, Andret, criou coragem e, aproximando-se do rei, disse sem maiores rodeios:

– Venho, por amor a vós, Majestade, prevenir-vos de uma grave desonra cometida sob vossos olhos benignos: Tristão ama Isolda e é correspondido nesse maligno sentimento. Todos já comentam a terrível traição!

Marcos cambaleou, indignado:

– Como ousas dizer tais coisas a respeito de Tristão, o homem mais corajoso e de maior caráter que eu conheço, sangue do meu próprio sangue? Acaso fostes vós, ou quaisquer dos outros barões, que enfrentastes Morholt, que o desafiastes para a batalha, mesmo sabendo que corria risco de vida? Tendes alguma prova do que dizes?

– Apurai vossos sentidos, Majestade – replicou Andret. – Procurai ver, ouvir, e, pobre de mim se não vos falei apenas o que todos acreditam: seria eu tão idiota que vos faria uma tal revelação sem fundamento?

O rei o despediu e, por precaução, chamou Tristão à sua presença. E disse, com lágrimas nos olhos:

– Ide deste castelo, o mais breve possível, porque traidores vos acusam de grande infâmia. Mas podeis estar certo de que não acreditei no que me disseram. Em breve vos chamarei de volta.

Mas Tristão, embora seus inimigos se regozijassem, não conseguiu partir. Mesmo deixando o castelo, refugiou-se na casa de amigos, na aldeia próxima. Abatido pelas circunstâncias, principalmente pela ausência de Isolda, caiu prostrado por uma febre.

Isolda, por seu lado, sofria calada pela ausência do amado e também pela incerteza – será que Marcos descobrira tudo, alertado pelos inimigos de Tristão? Como poderia viver sem o ser amado? Definharia com certeza...

Foi quando a serva Brangien imaginou uma forma de os amantes se encontrarem em segredo. Correndo o maior risco, foi até a casa onde se achava hospedado Tristão e ensinou-lhe um ardil: atrás do castelo havia um pomar, no qual se erguia um alto pinheiro. Aos pés da árvore brotava uma fonte viva que escorria por uma escadaria branca de pedra e penetrava no castelo, justamente nos aposentos das damas.

Todas as noites agora, Tristão cortava pedaços de cascas de árvores e lançava-os à fonte – as cascas, boiando, iam até o castelo, e chegavam ao aposento das damas, como previra Brangien. Esta, então, quando conseguia afastar o rei e outros barões das proximidades, avisava Isolda, que corria ao encontro do amado, temerosa, mas feliz ao mesmo tempo.

Tristão a recebia de braços abertos e, sob o pinheiro acolhedor, amavam-se até que das torres de Tintagel, as cornetas anunciassem o amanhecer...

Isolda voltou a sorrir, a suspeita de Marcos se dissipou, mas os barões compreenderam que, mesmo fora do castelo, Tristão continuava a ver a rainha.

Então resolveram provar ao rei que o que diziam era verdade. Usaram de vários estratagemas, mas a sorte sempre protegia o casal e eles não eram pegos em flagrante. Até que Marcos, saudoso da companhia de Tristão, mandou que ele voltasse ao castelo de Tintagel.

Agora isso tornava mais fácil ainda o encontro do casal que, arrebatado de paixão, não media consequências para poder se encontrar, principalmente na ausência de Marcos.

Até que, certo dia, voltando inesperadamente de uma caçada, foi o próprio rei que os encontrou abraçados, na cama nupcial.

Louco de desapontamento e indignação, Marcos gritou:

– Como pude ser tão cego? Amanhã morrereis!

– Misericórdia, senhor! – implorou Tristão, prostrando-se aos pés de Marcos. – Em nome de Deus, tende compaixão! Não é por mim que imploro. Que me importa morrer? Assumo toda a culpa por esse amor. Mas tende piedade da rainha Isolda, em nome de Deus!

Mas os barões que assistiam à cena já o amarravam e a rainha com cordas. Estavam entregues ao destino.

6
A TERRÍVEL VINGANÇA

FERIDO EM SEU AMOR PRÓPRIO pela traição da esposa e de quem ele considerava como seu próprio filho, e até mesmo destinava seu trono, Marcos decidiu que o castigo para os traidores de sua confiança seria terrível. Mandou que fosse preparada uma grande fogueira onde seriam queimados Tristão e Isolda.

Em vão, suplicavam piedade os que se condoíam com a triste sorte dos jovens amantes. Marcos permaneceu implacável em seu desejo de vingança. Mandou que o fogo fosse aceso e seus soldados partissem em busca do casal.

Porém, a caminho da fogueira, Tristão pediu para rezar numa capela que ficava à beira de um precipício. Preferindo essa morte à fogueira, ele se atirou lá do alto. Mas, como que por artes divinas, foi carregado pelo vento que o depositou sobre uma grande pedra sob o rochedo. Até hoje ela é chamada pelo povo da Cornualha de "O salto de Tristão".

Isolda, por sua vez, levada para o local da fogueira, preparava-se já para morrer quando um grupo de andarilhos pediu ao rei Marcos que ela lhes fosse entregue como escrava. Achando que o castigo seria ainda pior do que o fogo, ele concordou e entregou-a, apesar dos protestos desesperados de Isolda que preferia a morte pelo fogo.

Mas quis também o destino que o grupo que levava a infeliz jovem passasse por onde estava Tristão – este, movido pela força do desespero, conseguiu resgatar a amada.

Embrenharam-se na floresta selvagem onde passaram a viver uma vida dura, de fugitivos. Mas estavam juntos para se amar em liberdade, e isso era o mais importante de tudo.

Vagavam sempre amedrontados e acuados, raramente dormindo no mesmo lugar. Comiam os animais que conseguiam caçar, sentindo falta de sal. Emagreceram, seus rostos ficaram macilentos, e suas roupas aos poucos foram se tornando trapos, rasgados pelos espinhos. Mas como se amavam livremente, não sofriam.

Certo dia, ficaram sabendo que o rei mandara proclamar por toda a Cornualha que quem entregasse Tristão, vivo ou morto, teria cem marcos de ouro como recompensa.

Apavorados, embrenhavam-se cada vez mais na floresta. Quando o tempo melhorou, construíram uma cabana de ramos verdes e ali se instalaram, consolados pelos cantos dos pássaros.

Certa vez, foram até surpreendidos pelo rei Marcos, que caçava na floresta. Mas, ao vê-los dormindo, seu bom coração se condoeu ante a magreza e a triste situação de ambos, em seus andrajos. A espada de Tristão estava entre seu corpo e o de Isolda. Marcos substituiu-a pela sua própria espada e foi embora.

Ao acordar, Tristão deu com a espada de ouro do rei e soube que ele estivera ali e, mesmo tendo ocasião de matá-los não o fez. Pensativo, olhou para Isolda ainda adormecida. Estava magra, e seu rosto fenecia pelas privações que passava... Suas roupas, antes tão ricas, agora eram andrajos. O que ele fizera àquela jovem adorável, em nome de um amor tão desesperado e proibido? Não seria melhor, aproveitando que o rei era um homem tão bom e parecia ter arrefecido seu desejo de vingança, tentar o seu perdão pelo menos para Isolda?

Convencido de que era isso o que devia fazer, Tristão mandou uma carta para o rei, na qual dizia: "Quando matei o dragão e conquistei a filha do rei da Irlanda, foi a mim que ela foi concedida. Eu poderia, por direito, ter ficado com ela, mas não o quis, porque havia prometido trazê-la como esposa para vós, meu rei e senhor. Traidores infamaram a mim e a rainha com suas mentiras. Fomos condenados injustamente à morte, mas pela graça de Deus fomos salvos. Fugimos pela floresta, e ordenastes que nos pegassem vivos ou mortos, sob recompensa. Agora, estou pronto para pôr minha lealdade em duelo, provando que a rainha jamais teve amor por mim que vos pudesse ofender. Se eu não puder provar isso, queimai-me vivo; mas, caso eu vença o duelo e vos aprouver tomar novamente Isolda como esposa, nenhum barão vos servirá melhor do que eu. Caso contrário, se não vos agradar meu serviço, irei oferecê-lo a outros reis e levarei Isolda de volta para a Irlanda, de onde a trouxe e ela será rainha em sua própria terra."

Os barões, ao ouvir a proposta de duelo de Tristão, apavorados, disseram ao rei:

– Ficai novamente com a rainha, ela foi vítima de calúnia. Quanto a Tristão, que ele parta para guerrear em outras terras.

O rei, satisfeito com a resposta, porque ainda amava Isolda, mandou imediatamente buscá-la.

Entre lágrimas e suspiros, e ardentes beijos de amor, Tristão e Isolda se separaram. E, vestida com ricos tecidos que o intermediário do rei lhe comprara, em substituição a seus andrajos, preparou-se para voltar a Tintagel, acompanhada de Tristão que cavalgava a seu lado.

Na presença do rei, Tristão saudou-o e repetiu a proposta que fizera na carta de se justificar por um combate; mas ninguém aceitou o desafio. Então, o rei mandou que ele partisse sem demora.

Tristão aproximou-se de Isolda para se despedir: seus olhares disseram tudo. A rainha ficou rubra de emoção.

O rei, condoído com os farrapos do sobrinho, ainda quis que ele levasse o que lhe aprouvesse do tesouro real, mas Tristão recusou.

E partiu em seu cavalo em direção ao mar. Isolda seguiu-o com o olhar até que desaparecesse.

O povo, embora triste com a partida de Tristão, mas feliz com o retorno da rainha, cercou-a com manifestações de carinho. E, sob o repique dos sinos, e pelas ruas cobertas de flores, Isolda retornou ao palácio.

Tristão, porém, planejando a desforra contra seus inimigos, foi para a casa de um amigo, que o abrigou em segredo no celeiro. Os traidores agora que se cuidassem.

7
A REVANCHE

TRISTÃO, COMO PROMETERA ao rei e à rainha, deveria ir embora. Mas, não suportava a ideia de partir sem antes rever a sós a sua amada Isolda.

Mesmo correndo perigo de morte, aproximou-se sorrateiramente do palácio, quando todos já dormiam, e imitou o canto do rouxinol, como costumava fazer quando ambos estavam vivendo na cabana da floresta.

Isolda reconheceu o canto como sendo de Tristão e, escondida pelas sombras da noite, saiu do palácio para encontrar o amado. Eles ficaram abraçados até o amanhecer...

Mas um servo os surpreendeu e foi contar para os barões inimigos que eles tinham voltado a se encontrar, mesmo depois do perdão do rei.

Os barões, deliciados com a ideia de finalmente destruir Tristão, ficaram, no dia seguinte, à espera de novo encontro, pois confiavam na apaixonada relação do casal, que não conseguia ficar separado.

Tristão, no entanto, por um golpe de sorte, descobriu a tramoia e acabou matando os barões que o aguardavam para desferir os golpes traiçoeiros. Então, percebendo que expunha não apenas a própria vida, mas também a de Isolda, decidiu que era a hora de partir...

Ao se despedir da amada, Tristão lhe perguntou:

– Como poderei viver?

Ao que Isolda lhe respondeu:

– Nossas vidas estão entrelaçadas e tecidas uma na outra. E eu, como poderei viver? Meu corpo fica aqui, mas o meu coração irá convosco.

Tristão ainda lhe recomendou que, se em algum momento no futuro ela visse o anel de jaspe verde, presente de Isolda que ele nunca tirava do dedo, faria sem pestanejar o que lhe fosse pedido.

Isolda prometeu:

– Se eu revir o anel de jaspe verde, cumprirei vossa vontade, seja loucura ou insensatez!

Então, depois de um longo beijo, eles se separaram, sem saber quando e se voltariam a se encontrar...

Por longo tempo, Tristão vagou por terras remotas, procurando aventuras que pelo menos abrandassem a chama permanente de amor que ardia em seu coração...

Assim se passaram dois anos... Durante esse tempo não recebeu nenhuma notícia de Isolda. Provavelmente vivia tranquila e no conforto, pois era adorada pelo marido, o rei Marcos. Mas será que ainda se lembrava dele, das tristezas e prazeres de outrora? E eu, pensava Tristão, jamais esquecerei aquela que provavelmente me esquece? Não acharei quem cure a minha dor?

Um dia, Tristão chegou a uma região que descobriu pertencer ao duque Hoël. Outrora rica em prados e terras de lavoura, com moinhos, macieiras e chácaras, agora, porém, ela fora destroçada pelos guerreiros do conde Riol, que puseram fogo em tudo e ainda levaram o gado.

Tristão perguntou:

– Mas por que o tal conde Riol odeia tanto o duque Hoël?

Então, o eremita que acompanhava Tristão explicou:

– Riol era vassalo de Hoël, que tem uma filha, a mais bela entre as belas. Riol a queria como esposa, mas o pai recusou o pedido e o conde, então, tentou tomá-la pela força. E muitos homens morreram por isso.

Tristão também ficou sabendo que apenas um último castelo do conde Riol, em Carhaix, ainda resistia ao ataque, sob o comando do filho do duque, Kaherdin.

O rapaz dirigiu-se ao palácio e apresentou-se a Kaherdin, dizendo:

– Sou Tristão, rei de Loonnois, e Marcos, rei da Cornualha, é meu tio. Soube dos problemas que vossos vassalos estão vos causando. Venho oferecer meus serviços de guerreiro.

A coisa mudou de figura, após a entrada de Tristão na guerra. Guerreiro experiente e corajoso, ele conseguiu reverter a situação. Riol rendeu-se ao duque Hoël, prometendo-lhe novamente fidelidade, e suas tropas se dispersaram.

O duque, agradecido, disse a Tristão:

– Amigo, tudo o que lhe pudesse dar, ao melhor e mais nobre cavaleiro que já existiu, seria pouco. Minha filha, Isolda das Mãos Alvas, descende de duques, reis e rainhas. Eu a dou em casamento, tomai-a.

Tristão não teve como recusar tal oferta. Logo mais, aconteceram as ricas núpcias com a princesa que, por ironia da sorte, tinha o mesmo nome de sua amada Isolda.

Na noite de núpcias, contudo, o anel de jaspe verde que Isolda lhe dera caiu ao chão. O coração do cavaleiro apertou-se de dor e saudade. E, enquanto a esposa aguardava seus carinhos, ele lhe disse:

– Minha querida, ao entrar numa sangrenta batalha prometi que, se saísse vivo dela, ficaria um ano sem me deitar com mulher alguma. Preciso da sua compreensão.

Suspirando, ela disse que compreendia.

8
DESCOBRINDO A VERDADE

NÃO FOI FÁCIL, CONTUDO, para Isolda das Mãos Alvas manter a promessa. Recém-casada, amando seu belo marido, nem um mísero abraço ou beijo recebia dele.

Certo dia, enquanto a moça cavalgava ao lado do irmão, Kaherdin, seu cavalo tropeçou numa poça d'água, que molhou seu joelho. Rindo, ela comentou:

– És mais ousada, água, que Tristão.

Estranhando o comentário, Kaherdin tanto insistiu que Isolda lhe contou o estranho comportamento do marido.

Assim que encontrou Tristão, Kaherdin interpelou-o, contrariado:

– Minha irmã me contou a verdade; faltaste à vossa fidelidade e ofendeste toda a minha parentela. Se não me dais satisfações do vosso comportamento, eu vos desafio.

Tristão apressou-se a explicar que havia em sua vida outra Isolda, a Loura, a mais bela entre todas as mulheres, que sofrera inúmeras penas por ele e ainda sofria, calada, em terras distantes. Ele fora ingenuamente buscá-la, na Irlanda, para que se casasse com seu tio, o rei Marcos. Mas, desde a viagem, não conseguiram mais se separar, unidos por uma paixão desatinada.

Foram descobertos e condenados à fogueira. Conseguiram quase por milagre escapar e viveram por algum tempo na floresta, até que, por amor, vendo que Isolda não suportaria tal vida, ele a devolveu ao rei Marcos. Ele bem sabia que era amado por Isolda das Mãos Alvas, a bela princesa que lhe fora dada em casamento. Mas, como havia narrado, não podia viver nem morrer sem a rainha Isolda.

Kaherdin ficou comovido com a história de Tristão e sua cólera se aplacou. Sugeriu ao amigo que fossem até Tintagel, onde viviam Marcos e Isolda, e então o rapaz se certificaria se a rainha ainda pensava nele e sentia saudades. Se ela o tivesse esquecido, Tristão poderia vir a amar Isolda das Mãos Alvas, sua esposa.

Tristão concordou, aliviado com a compreensão do outro e ao mesmo tempo ansioso de rever seu grande amor, do qual não se esquecera nem um minuto sequer.

Enquanto isso, em Tintagel, dois anos sem rever ou ter notícias de Tristão, Isolda também suspirava porque seu coração ainda vibrava de paixão por seu cavaleiro distante... Por onde andaria, o que estaria fazendo, será que ainda se lembrava dela?

Aconteceu que um rico conde de uma ilha longínqua, de nome Kariad, veio muitas vezes a Tintagel após a partida de Tristão. Apaixonado também pela rainha, fazia-lhe ardentes propostas de amor que ela repelia, apesar de ele ser um belo cavaleiro.

Chegando justamente quando Isolda suspirava pelo seu amado Tristão e conhecedor da história de ambos, ele aproveitou a oportunidade e lhe contou, com pérfido prazer:

– Não percais tempo em chorar por Tristão, bela senhora. Ele acaba de casar em outras terras, com Isolda das Mãos Alvas, uma bela jovem, filha de um duque. Ele desdenhou vosso amor.

Isolda se pôs a chorar e Kariad foi embora, desgostoso da reação dela.

Logo mais, porém, disfarçados de peregrinos, com roupas modestas, Tristão e Kaherdin chegavam a Tintagel, justamente para pôr à prova o amor de Isolda.

Assim que teve uma oportunidade, Tristão apresentou-se à Isolda como se fosse um mendigo pedindo uma esmola. Ela, contudo, o reconheceu imediatamente pela voz – seu corpo reagia à presença do amado, o coração disparado de emoção. Porém, ferida em seu orgulho, ao saber que ele se casara com outra, fingiu não reconhecê-lo para desespero do rapaz. Mais que isso, tomada de cólera e ciúme, mandou que os servos o expulsassem de sua presença.

Em seguida, em grande desespero, caiu desmaiada. Tristão por sua vez, ante a reação de Isolda, embarcou desatinado na primeira nau que encontrou no porto e foi embora...

Voltou a Carhaix e à sua esposa, Isolda das Mãos Alvas. Mas já não era o mesmo cavaleiro: longe de sua paixão, ele definhava a olhos vistos. Parecia um morto-vivo. Até que não suportando mais, dirigiu-se ao porto e suplicou aos marinheiros, de uma nau mercante que se preparava para partir, que o levassem a Tintagel.

Lá chegando, cortou sua bela cabeleira loira rente à pele, desenhou uma cruz no couro cabeludo e untou sua face com uma poção feita de erva mágica, que mudou a cor e o aspecto de seu rosto. Assim ninguém o poderia reconhecer. E, disfarçado num pobre peregrino, dirigiu-se ao castelo.

Passando-se por um pobre louco, conseguiu chegar até Isolda. Lançou-se em sua direção, os braços súplices que ardiam por estreitá-la contra o peito.

Mas, envergonhada, ela se esquivou dele.

Tristão, então, também tremendo de vergonha e raiva ao mesmo tempo, disse:

– Certamente vivi demais, para ver o dia em que Isolda me repele e não mais me quer amar, por me julgar uma pessoa vil.

Isolda respondeu:

— Eu vos olho, mas duvido e tremo. Não sei quem verdadeiramente sois...

Tristão gritou em agonia:

— Rainha Isolda, sou Tristão, aquele que tanto amastes. Por acaso não lembrais de nossas juras de amor, de nossos encontros de paixão, dentro do castelo e depois na floresta? O canto do rouxinol que eu imitava, as cascas de árvores que eu jogava na água corrente, todos os estratagemas possíveis para atrair-vos para meus braços? Será possível que esquecestes de nossas juras de amor, de nossos encontros frementes e apaixonados?

Vendo que a rainha hesitava, Tristão completou:

— Se não me reconheceis, reconhecei ao menos este anel que me destes, no dia da nossa separação. Quantas vezes o molhei com minhas lágrimas de saudade!

Isolda viu o anel. Então abriu os braços:

— Eis-me, Tristão, tomai-me novamente, porque sempre vos pertenci.

9
UNIDOS PARA SEMPRE...

FELIZES FORAM OS MOMENTOS que Tristão e Isolda passaram juntos em apaixonado enlevo. Porém, percebendo que mais uma vez sua amada corria perigo, Tristão resolveu partir, deixando Isolda inconsolável...

Retornando à terra de sua esposa, Isolda das Mãos Alvas, Tristão, contudo, continuou a não se relacionar com ela, que não se conformava com aquela situação.

Para minorar o desespero que sentia por estar separado de seu grande amor, Tristão participou de várias batalhas, defendendo o reino no qual fora tão bem acolhido. Tanto lutou que teve a infelicidade de ser atingido por uma flecha envenenada. Esta, aos poucos, foi minando seu corpo, exaurindo-o de tal forma que o levaria inapelavelmente à morte.

Sentindo que desta vez não teria escapatória, Tristão apelou para Kaherdin, suplicando que ele fosse até Isolda e lhe entregasse o anel de jaspe verde e, então, pedisse a ela, em nome do juramento que fizera, que viesse para a última despedida. Não poderia morrer sem rever a grande paixão de sua vida!

Tristão ainda pediu a Kaherdin que hasteasse uma bandeira no mastro mais alto da embarcação. Dessa forma, assim que a nau retornasse, poderia ser avistado por ele, de seu leito de morte. Se Isolda estivesse a bordo, a bandeira deveria ser branca; caso contrário, a bandeira seria negra.

Kaherdin, compadecido, comprometeu-se a cumprir o pedido do amigo agonizante e partiu em seguida em busca de Isolda.

Acontece que Isolda das Mãos Alvas, a esposa que tinha carinhos negados por Tristão e que se sentia desprezada, ouviu a conversa escondida atrás da porta. E jurou a si mesma vingança por todas as humilhações que sofrera.

Enquanto Tristão procurava manter-se vivo, na esperança de rever sua amada, Kaherdin chegou a Tintagel e, mostrando o anel à Isolda, suplicou-lhe que voltasse com ele para despedir-se de Tristão, em seu leito de morte.

Reconhecendo mais uma vez o anel, e em nome do juramento que fizera ao amante, ela se prontificou a embarcar na nau e ir ao encontro dele.

Durante a viagem, contudo, a natureza não colaborou: violenta tempestade desabou sobre o mar e a nau quase foi engolida pelas enormes ondas... Isolda tremia e rezava, suplicando aos céus que lhe permitissem despedir-se de seu grande amor.

Finalmente a tempestade aplacou e a nau seguiu seu rumo... Quando estavam no ponto em que ela já poderia ser avistada pelas pessoas em terra, Kaherdin mandou hastear a bandeira branca, sinal de que Isolda estava a bordo, conforme combinara com Tristão.

Este, já quase sem forças, não conseguia mais se levantar do leito. Suplicou então à esposa – a qual, roída de ciúmes, simulava o maior carinho em relação ao marido – que olhasse pela janela para ver se avistava alguma embarcação chegando e de que cor era a bandeira no mastro principal.

Dando vazão à sua vingança, Isolda das Mãos Alvas fez o que ele pedia. Mas, cruelmente, mentiu para o moribundo:

– Está chegando uma nau, com uma bandeira negra no mais alto mastro.

Dando um suspiro de angústia, ao perceber que Isolda não viria, Tristão murmurou:

– Ai de mim, que morro sem rever minha grande paixão. Dito isso, entregou sua alma a Deus.

Quando finalmente Isolda, a Loura, a dos Cabelos de Ouro, adentrou o quarto, encontrou a outra Isolda que gritava desesperada, arrependida da maldade que fizera.

Isolda ordenou:

– Afastai-vos, porque eu o amei antes e mais do que qualquer outra mulher.

Debruçada sobre o corpo do amado, Isolda, não resistindo à dor de não o ter encontrado ainda vivo, morreu, abraçada a Tristão.

Quando soube do acontecido, o rei Marcos, compadecido com aquela triste trajetória de paixão e morte e por sempre ter amado a ambos, mandou trazer os corpos de Tristão e Isolda para Tintagel, onde, em dois caixões dignos de reis, foram sepultados, lado a lado.

Um arbusto de flores perfumadas brotou ao lado do túmulo de Tristão e alcançou o de Isolda, entrelaçando seus fortes ramos nele. Cortado várias vezes, tornava a crescer e a entrelaçar ambos os túmulos. Até que Marcos proibiu que a árvore fosse tocada.

E assim os amantes permaneceram unidos, para sempre, num abraço apaixonado!

CYRANO DE BERGERAC

Edmond Rostand

Adaptação de Giselda Laporta Nicolelis

EDMOND ROSTAND.

Francês, nasceu em Marselha em 1868 e morreu em Paris em 1918. Era filho do biólogo Jean Rostand, mas não foi a ciência que seduziu seu coração, e sim a poesia e o teatro. Cursou a faculdade de Direito (atividade que nunca exerceu), preferindo mais frequentar as rodas literárias do que as aulas. Foi num desses serões que conheceu o grande amor de sua vida, a poetisa Rosemonde Etiennette Gérard, três anos mais velha do que ele e sua "musa inspiradora" para a primeira obra, A luva vermelha, *de 1888.*

Em 1889, ela retribuiu seu amor poeticamente, com o livro A eterna canção, *que tem os versos "a cada dia eu te amo mais, hoje mais do que ontem e menos do que amanhã", tão populares que eram gravados em broches e vendidos pelas ruas de Paris. Edmond e Rosemonde casaram-se em 1890 e tiveram dois filhos, Maurice e Jean Rostand, que, posteriormente, também se destacaram como intelectuais.*

Entre os anos 1890-1900, Rostand escreveu as peças de teatro Os românticos, A princesa longínqua *e* O filhote de águia, *que alcançaram bastante sucesso, inclusive com a presença da maior atriz da época, Sarah Bernhardt, nos palcos franceses. Mas o auge da carreira veio com* Cyrano de Bergerac, *de 1897.*

Cyrano de Bergerac realmente existiu, foi um poeta e filósofo que viveu entre 1619 e 1655 e tinha a fama de "língua afiada" contra os rivais intelecutais, mas não consta que vivesse tal paixão intensa pela prima. Rostand recriou sua biografia em texto poético metrificado e ficou de tal modo envolvido com a obra que chegava a compor 250 versos num único dia.

O sucesso foi estrondoso. Os ingressos eram disputadíssimos, o prestígio de Rostand durou anos... Cyrano *foi montada nas grandes capitais da Europa, mais uma vez com Sarah Bernhardt em um dos seus papéis mais consagrados. A Academia Francesa o elegeu um de seus membros em 1904.*

Depois de Cyrano, *Rostand adoeceu e se retirou para o campo. Escreveu apenas mais uma peça,* Chantecler, *sobre um galo que acredita que é o seu canto que faz o Sol acordar...*

De certo modo, Rostand é esse galo. Segundo muitos críticos, é "autor de uma obra só". Na época, o ultrarromantismo de seu trabalho ainda seduzia o público, mas o gosto contemporâneo prefere outras tendências. Mesmo sua obra máxima, Cyrano, é mais conhecida como uma "boa ideia" do que reconhecida como um grande texto. A forçada métrica dos versos alexandrinos torna a peça cansativa e artificial. Tanto é que as inúmeras adaptações em prosa – para teatro, cinema ou TV – geralmente modificam estilo e desfecho. Afinal, em 1900 ainda era possível que o público se comovesse com um melodrama de sacrifício, abnegação e distanciamento dos apaixonados. Hoje, esperamos finais mais realistas ou felizes.

1
O PERSONAGEM

VIVIA NO SÉCULO XVII, em Paris, França, um soldado chamado Cyrano de Bergerac, que se tornou lendário por vários motivos: além de ser um grande espadachim, capaz de derrotar vários inimigos ao mesmo tempo, era um poeta de talento e de espírito irreverente, e também um defensor dos fracos e oprimidos – isso lhe acarretou, no decorrer do tempo, muitos inimigos poderosos e sedentos de vingança.

Apesar de todos esses atributos de coragem, talento e generosidade, infelizmente sua marca principal era o grande, melhor dizendo, enorme, desproporcional nariz!

Ninguém ousava encará-lo, muito menos se referir ao apêndice nasal; se o fizesse, corria o risco de ter de enfrentá-lo num duelo, do qual todos sabiam quem seria o vencedor.

O ponto mais fraco de Cyrano, porém, era o seu grande e secreto amor pela prima Roxana, uma das mais belas damas locais. Companheira de inocentes brincadeiras infantis, ela cresceu jamais desconfiando desse amor e sentia por Cyrano uma grande afeição fraternal.

Sem ter coragem de se declarar à prima, visto ter baixa autoestima por causa do imenso nariz, sempre que podia, Cyrano dava vazão à sua ansiedade, batendo-se em duelo nas mais variadas situações. O fato de ser sempre o vencedor e, por isso, angariar uma reputação de imbatível, dava-lhe um certo conforto.

40 | CYRANO DE BERGERAC

Havia, em Paris, uma pastelaria cujo proprietário, Raguenau, era muito conhecido pelas famosas tortas que fabricava. A pastelaria era frequentada por toda sorte de clientes, principalmente poetas pobres que, sem dinheiro, procuravam seduzir Lise, mulher de Raguenau, com palavras amáveis – em troca de tortas doces ou salgadas, eles lhe davam poemas de amor. Lise, por sua vez, aproveitava os papéis onde estavam escritos os poemas para embrulhar outras tortas, sob o olhar furioso do marido, preocupado com o prejuízo.

Foi justamente nessa pastelaria que, certo dia, Roxana marcou um encontro com Cyrano. Este, supondo que seria um dia de glória, para lá se dirigiu, ansioso, acompanhado do seu grande e fiel amigo Le Bret.

Assim que Roxana chegou, Cyrano ofereceu à aia[1] que a acompanhava vários pastéis, para que fosse comer lá fora e assim eles pudessem conversar mais à vontade.

Roxana, em primeiro lugar, agradeceu-lhe o fato de ter dado uma lição a De Guiche – um nobre que vivia cortejando-a e que ela desprezava. Lembraram-se também de suas brincadeiras infantis. Finalmente, como se só então tivesse tomado coragem, Roxana confessou a Cyrano que estava loucamente apaixonada por um cadete do regimento dos Gascões (o mesmo do primo). Ela lhe disse também que o jovem em questão era um soldado corajoso e destemido, de espírito brilhante, enfim, detentor das maiores qualidades possíveis.

Supondo que Roxana falava dele, Cyrano se deleitou ouvindo essas palavras, imerso na maior das ilusões. Maior, contudo, foi seu desencanto quando a prima completou dizendo que seu amado também era... Lindo!

– *Lindo?* – perguntou Cyrano, desesperado.

– Lindo – repetiu Roxana, suspirando. – Ele é alto, loiro, de presença altiva. E tenho certeza de que ele também me ama, pois seus olhos falam tudo quando me fitam, não há nem necessidade de palavras.

Cyrano, tentando disfarçar a dor que sentia, continuou:

– E qual o nome desse deus grego, posso saber? Se ele está no mesmo regimento que eu, devo conhecê-lo com certeza.

– Seu nome é Cristiano de Neuvillete, talvez ainda não o conheça porque ele entrou apenas hoje de manhã para a Companhia de Cadetes.

---

1 Aia: dama de companhia.

– E como minha jovem prima pode ter certeza de que seu amado tem todas as qualidades que supõe? – provocou Cyrano. – Ele pode ser um bárbaro, um selvagem...

– De jeito nenhum, ele é um perfeito cavalheiro – disse Roxana, plenamente convencida das suas palavras.

– E se fosse um burro, ignorante, ainda assim o amarias com tal devotamento? – insistiu Cyrano, irritado.

– Ah, se isso fosse verdade, meu coração se partiria – admitiu Roxana. – Mas tenho certeza de que tem uma inteligência acima do comum. Basta olhar para ele.

– Tudo bem, a paixão a faz crédula, mas o que tenho a ver com isso? Por que me vieste contar tal história?

– Ora, porque todos os cadetes da Companhia são da Gasconha – explicou Roxana. – Então, caso ele não seja, corre perigo, concorda?

– E, naturalmente, queres que eu o proteja e o livre de qualquer ameaça. Então tranquiliza teu coração, no que depender de mim, ele jamais se baterá em duelo, eu te prometo.

– Quanto me consola ouvir essas palavras. Eu sabia que podia contar com tua generosidade, primo. Então, abusando um pouco mais, peça a Cristiano que me escreva lindas cartas de amor. Espero, com o coração batendo acelerado, pelas suas palavras. E quanto a ti, primo, sabes que eu te adoro, não sabes?

Cyrano sorriu tristemente. Não era esse tipo de sentimento que ele esperava de Roxana.

2 · AS CARTAS

VOLTANDO PARA O QUARTEL, Le Bret notou a tristeza de Cyrano. Ele acompanhara, de longe, a conversa do amigo que chegara tão feliz e radioso à pastelaria. Agora, depois da conversa com a prima, saía de lá, aparentemente desolado.

– Estás apaixonado por Roxana e não és correspondido, não é mesmo? – perguntou à queima-roupa com a liberdade que a grande amizade lhe permitia.

– Tens razão, amigo – confirmou Cyrano. – Ela me confessou que ama um jovem cadete que se inscreveu ainda hoje na Companhia. Seu nome é Cristiano.

– E o que ela sabe desse jovem? – continuou Le Bret. – De seu caráter, de suas qualidades espirituais?

– Aí reside o problema – explicou Cyrano. – Ela, seduzida pela bela aparência do rapaz, acha que ele é maravilhoso, estupendo, reúne todas as qualidades possíveis...

– Bela aparência, é? – resmungou Le Bret, sinceramente condoído com a situação de Cyrano. – E o que pretendes fazer, amigo?

– Prometi que defenderei o tal Cristiano haja o que houver. E ela ainda me fez pedir a ele que lhe escreva lindas cartas de amor. Veremos se ele tem essa capacidade.

Le Bret coçou a cabeça:

– Já estou até imaginando a cena. Vá com calma, amigo, que o amor é muitas vezes uma estrada cheia de perigos...

Chegando ao quartel, Cyrano não perdeu tempo. Foi em busca de Cristiano. Quando o encontrou, ainda que estivesse preparado pela descrição de Roxana, teve um choque: o rapaz realmente era belo, de porte altivo, tudo o que a prima lhe dissera. Mas, bastaram uns instantes de conversação para Cyrano perceber que, ao contrário dos dotes físicos, o rapaz não era dotado de grande inteligência ou sensibilidade. Mesmo assim, transmitiu a ele os sentimentos de Roxana e o seu pedido: se realmente fosse correspondida em seu amor, que Cristiano lhe escrevesse lindas cartas apaixonadas.

O rapaz vibrou com a notícia. Claro que ele amava Roxana! Quem não amaria aquele anjo de beleza e candura? Estava apaixonado por ela. Mas, quanto às cartas de amor, ficaria devendo: era incapaz de escrevê-las, não tinha o menor talento.

Cyrano, então, num impulso, propôs a Cristiano que o deixasse escrever as cartas para Roxana. Ele depois as mandaria como se fosse o próprio autor.

– Mas como conseguirias se não estás apaixonado? E por que te darias a este trabalho, sem nenhum retorno? – Estranhou Cristiano.

– Ora, meu caro, sou um poeta, e os poetas vivem a falar de amor, estão sempre apaixonados. Tu me darás o maior prazer se me permitires escrever essas cartas; ainda mais porque sou como um irmão para

Roxana, crescemos juntos, dedico a ela um amor fraternal. Nada me fará mais feliz do que vê-la contente em saber que é correspondida em seu amor.

— Sendo assim, aceito — disse, alegremente, Cristiano. — E veremos no que isso vai dar. De qualquer forma, já te agradeço antecipadamente o trabalho. A fama de poeta te precede, amigo. Além de quê, todo mundo sabe que tu és o maior espadachim de Paris, quiçá da França. Ninguém se atreve a enfrentar-te, ainda mais ousar contemplar o teu...

— ... Nariz? Podes dizer a palavra, amigo. O amado da minha querida Roxana não corre perigo se falar do meu nariz, eu te garanto.

Foi assim que, com a concordância de Cristiano, Cyrano se pôs a escrever, diariamente, cartas à sua amada Roxana. Nelas, com seus dons de poeta, ele derramava toda a sua paixão. Na realidade, eram poemas de amor que ele enviava.

Roxana, por sua vez, não cabia em si de alegria: seus olhos, até mesmo sua pele tornaram-se mais brilhantes, em virtude da felicidade que sentia ao ler aqueles poemas maravilhosos. Que sorte, ela pensava, ter cruzado com um jovem nobre, belo e de tamanha sensibilidade e que também a amava! Depois de sofrer o assédio constante daquele De Guiche, que ela achava simplesmente repugnante, que maravilha poder contar agora com o amor de um jovem como Cristiano.

Dia a dia, ela aguardava o portador chegar com a carta tão esperada... Se ele se atrasava, seu coração disparava de ansiedade. Ao enxergá-lo, na curva do caminho, seus olhos lacrimejavam de tanta emoção. E era com mãos trêmulas que ela abria o envelope.

Lia e relia aqueles poemas em voz alta. Depois os guardava num cofre, como se fossem joias preciosas. Seu amor por Cristiano crescia dia a dia, feito árvore frondosa lançando ramos cheios de flores perfumadas em direção ao infinito...

3
DESDOBRAMENTOS

CERTO DIA, NA PORTA DE UM TEATRO, Cyrano encontrou Roxana. Como quem não quer nada, perguntou como ia seu relacionamento com Cristiano.

– Ah, querido primo – respondeu a jovem, empolgada. – Nem queiras saber. Ele tem me mandado os poemas de amor mais extraordinários, que fazem a alegria da minha vida. Definitivamente eu tinha razão: além de ser belo como um deus grego, ele ainda tem um espírito encantador... Sou uma abençoada da sorte, concordas?

– Então estás feliz – completou Cyrano, suspirando.

– Mais que isso, primo, estou nas nuvens, em êxtase. Não vejo a hora de encontrá-lo pessoalmente e ouvir de sua boca essas palavras divinas...

Roxana despediu-se e entrou no teatro, enquanto Cyrano se consolava, pensando: "É a mim que ela ama, através das minhas palavras, não àquele tolo do Cristiano que mal sabe escrever...".

Cyrano passou o tempo todo da peça imerso naquela ilusão. Ao mesmo tempo em que se sentia confortado pelas palavras de Roxana, elogiando seus poemas de amor, também se revoltava ao imaginar que seria Cristiano quem levaria para sempre o devotamento e a paixão de Roxana. Mas o que fazer? O outro fora abençoado pela natureza que lhe dera aquela aparência magnífica!

Ele, quanto à saúde, coragem e talento também não podia se queixar. Mas, quanto à aparência, quanta miséria, carregar para sempre, e ainda por cima no rosto, aquela marca infame, o nariz disforme que o precedia aonde ele chegasse, feito uma bandeira anunciando: "Eis Cyrano de Bergerac, o dono do maior nariz do mundo!".

Ao sair do teatro, por sua vez, Roxana deparou-se com De Guiche, que esperava para falar com ela. Sem escolha – pois ele era um nobre importante, sobrinho do cardeal Richelieu, primeiro-ministro do rei de França, Luís XIII – ela se dispôs a ouvir o que ele queria lhe dizer.

– Tenho o prazer de te comunicar, Roxana, que acabei de me tornar o Coronel da Companhia de Cadetes. Agora tenho um posto importante que coloco a teus pés, junto com o meu amor. Infelizmente, como estamos em guerra com a Espanha, deveria partir imediatamente para uma batalha... Mas, prefiro ficar a teu lado e deixarei de ir, em nome do nosso amor...

"Nosso amor", pensou Roxana, revoltada. Como ele era presunçoso. Mas logo uma ideia salvadora lhe ocorreu:

– Oh, nobre senhor, não te prives da glória por mim. Eu adoraria ver-te coberto de medalhas na volta triunfante do campo de batalha. Aqui ficarei rezando por quem tanto me ama...

– E por aquele teu primo arrogante que ontem mesmo me fez passar a maior humilhação – completou De Guiche. – Mas ele não perde por esperar. Algum dia terá o troco de todas as suas fanfarronices...

– Pois eu sei uma forma melhor de puni-lo – disse Roxana, pensando não exatamente no primo, mas no bem-estar de Cristiano. – Os cadetes do regimento onde serve Cyrano também irão à batalha? – perguntou, astutamente.

– Claro que sim! Já tenho em mãos o papel com a ordem do cardeal para convocá-los...

– Pois deixe Cyrano fora do combate, se bem o conheço, e o conheço bem, ele ficará louco de raiva por perder mais essa oportunidade de glória... Quer melhor vingança do que essa?

– Mas que jovem esperta e malévola – riu De Guiche. – Seria realmente uma vingança e tanto. Ainda mais que ele agora anda de lá para cá com um belo jovem do regimento, mas que não passa de um imbecil, na minha opinião...

– Seu nome seria Cristiano? – reagiu Roxana, aborrecida.

– Exatamente. É belo como um deus, mas curto de ideias, podes ter certeza. Ouviste falar dele?

Temendo maiores complicações para o seu amado e não acreditando no que o outro dissera, Roxana disfarçou e apenas insistiu em que o regimento onde serviam Cyrano e Cristiano não fosse convocado para a guerra. De Guiche, pretendendo agradá-la, prometeu, e depois pediu que ela esperasse pela sua volta.

Aparentemente a situação fora resolvida. Logo mais apareceu Cyrano, que veio despedir-se da prima. Ela sentiu remorso de ter tramado pela suas costas, mas logo se justificou pensando que, com o seu pedido, salvaria a vida de ambos, pois as batalhas seriam cruentas. Tinha o maior carinho pelo primo, mas não suportaria ver o seu amado Cristiano perecer estupidamente em combate, em plena juventude.

Que seria dela sem esse amor, se não mais pudesse receber as cartas esplêndidas que faziam a alegria dos seus dias?

"Agi bem", repetia, enquanto voltava para casa. – "Além do mais, livrei-me por um bom tempo do assédio daquele insuportável De Guiche."

4
A FARSA CONTINUA

ROXANA, À MEDIDA QUE as cartas continuavam a chegar, não apenas estava cada vez mais apaixonada como ardia de vontade de encontrar pessoalmente Cristiano e ouvir de sua boca as incríveis palavras de amor.

Cristiano, por sua vez, estava ficando irritado com o fato de serem de Cyrano e não dele os poemas que Roxana recebia. Ela o amava, sim, mas através das cartas escritas pelo primo. Isso lhe dava uma sensação estranha de que o amor dedicado a ele realmente não lhe pertencia.

Então, certo dia, sabendo que Roxana ia novamente ao teatro, ele disse a Cyrano que iria falar com a jovem, frente a frente.

Cyrano, conhecendo a limitação da inteligência do rapaz, desaconselhou-o a tomar essa atitude, pois conhecia Roxana desde criança e sabia do espírito romântico e sonhador da jovem. Uma esbarrada em falso poria o trabalho de ambos a perder.

Mas Cristiano, mordido em seu orgulho, ficou irredutível. E, sob os protestos de Cyrano, foi esperar Roxana à porta do teatro.

Ao ver o rapaz, belo e altaneiro à sua espera, a jovem sentiu seu coração acelerar. Foi ao encontro dele, logo dizendo:

– Ah, Cristiano, que bom ver-te aqui. Repete o quanto me amas, por favor. Quanto eu esperei para ouvir isso de tua boca, não apenas através das cartas que me enviaste.

– Gostaste das cartas? – perguntou Cristiano, sem saber exatamente o que dizer. De repente, todo o seu impulso de encontrar e falar com Roxana se esvaiu, e ele sentia a cabeça completamente vazia de ideias.

– Se eu gostei? – repetiu Roxana. – Tuas cartas, Cristiano, têm sido o deleite de minha vida, já não vivo sem elas. Se elas me faltassem um dia sequer, não sei o que faria. Mas aproveita o momento e repete o quanto me amas com lindas palavras...

– Eu te amo – disse o rapaz.

– Quero mais – pediu Roxana.

– Eu te amo muito... – continuou ele, aflito.

– Mais, mais, mais – incitou a jovem. – Que me amas já sei. Quero saber como me amas. Até que ponto esse amor é essencial em tua vida...

– Eu te adoro – falou Cristiano, já desesperado.

– Perdeste a língua, escondeste tuas ideias? – estranhou Roxana. – Porque nas cartas, naqueles poemas divinos, derramas todo o teu coração, como uma fonte de mel. E agora, que me tens à frente, tu pareces um tolo a repetir apenas que me ama...

Cristiano enrubesceu de vergonha e, cansada de esperar pelas belas palavras que tanto ansiava ouvir, Roxana virou-lhe as costas e foi embora...

Cristiano seguiu-a, desorientado, até a sua casa. Cyrano que ficara espreitando a cena, e já previra o triste resultado, foi atrás dos dois. Ao vê-lo, Cristiano suplicou que desse um jeito na situação, caso contrário Roxana jamais quereria saber dele. Urgia uma atitude que renovasse a fé da jovem no talento do seu amado.

– Eu avisei, não avisei? – reprovou Cyrano. – Temos uma parceria de sucesso, meu rapaz: tu, com a tua beleza, eu com o meu talento. Mas por causa do teu orgulho, botas tudo a perder.

– Pelo amor de Deus! – suplicou Cristiano. – Faz alguma coisa, salva o amor de Roxana por mim.

– Tudo bem – concordou Cyrano, mais pela prima do que pelo tolo rapaz que lhe suplicava. – Eu lhe ditarei palavras de amor que tu repetirás para Roxana.

Ato contínuo, ele atirou uma pedra na sacada do quarto da moça. Esta, curiosa, abriu a janela e perguntou:

– Alguém me chama?

– Repete tudo o que te direi agora e não ouse mudar uma palavra – comandou Cyrano para o outro. Então, como um "ponto" de teatro, que sopra as palavras para os atores, Cyrano começou a declamar uma linda poesia de amor que, mal e mal, Cristiano repetia.

– Ah, que lindo! – suspirou Roxana lá do alto. – Nem pareces o mesmo. Recuperaste a tua verve de poeta, ainda bem. Fala mais, meu amor.

Mas, como Cristiano continuasse a titubear na repetição dos versos, Cyrano lhe disse:

– Cala-te, imbecil, que nem para repetir serves. Eu falarei a Roxana imitando tua bela voz.

E assim o fez. Murmurando sob a sacada da jovem, Cyrano desfilou os mais belos versos de amor, derramando seu coração apaixonado como se fosse uma fonte inesgotável...

Na sacada, Roxana ouvia embevecida:

Tu tremes, porque eu sinto, embora te recolhas.../ Que o frêmito adorado estende-se até mim/ Pelos verdes degraus dos ramos de jasmim...

5 AS COISAS SE PRECIPITAM...

ENVOLVIDO PELOS PRÓPRIOS sentimentos, Cyrano, tomado pela paixão, ousou pedir a Roxana um beijo. A princípio, surpresa, ela fez que não entendera o pedido. Mas, ante a insistência do amado, concordou.

Caindo em si, de que falava por Cristiano, Cyrano, mesmo contrariado, disse irritado para o outro:

– Vai, sobe de uma vez, e ganha o beijo que te conquistei.

Cristiano não se fez de rogado e escalou os arbustos sob a sacada de Roxana. Então, trocaram o mais apaixonado dos beijos, enquanto Cyrano se lamentava:

– Ai de mim, ai de mim, que faço transbordar de paixão a Roxana, para entregá-la aos braços de um tolo qualquer...

Estava assim se lamentando quando viu chegar um frade capuchinho que, muito apressado, disse que vinha a mando do nobre De Guiche para entregar uma carta a Roxana.

Cyrano, fingindo que também acabara de chegar para visitar a prima, chamou por ela que logo mais desceu para receber a encomenda e distrair o frade, enquanto Cristiano, por sua vez, descia escondido da sacada.

Roxana leu a carta onde De Guiche dizia que partia para a batalha de onde esperava voltar coberto de glórias para depositar aos pés da amada. Porém, como prova de amor, queria um encontro secreto com ela nessa noite mesmo, antes de sua partida.

Espertamente, Roxana, virando-se para o frade capuchinho que aguardava uma resposta para levar a De Guiche, disse-lhe:

– Espere, frade, que o nobre que lhe contratou manda dizer nesta carta que, por ordem do cardeal Richelieu, seu tio, o senhor deve me casar imediatamente, ainda que contra minha vontade, com Cristiano de Neuvillete, da Companhia dos Cadetes da Gasconha.

– Ah, pobre menina, aceitas assim de tão bom grado o seu destino? – perguntou o frade, compadecido.

– Aceito, meu bom frei. Que posso fazer a não ser cumprir a ordem de Vossa Eminência, o cardeal Richelieu?

– Então, tudo bem, e onde está o noivo? – continuou o frade.

– Estou aqui. Como fui informado do casamento, apressei-me a cumprir as ordens e vir até a noiva... – disse Cristiano, que ouvira toda a conversa enquanto descia da sacada.

– Então podemos entrar e efetuar a cerimônia – disse o frade. – Em quinze minutos, no máximo, estarão casados.

– Cyrano, você por aqui? – perguntou, por sua vez, Roxana ao dar com o primo. – Chegaste em boa hora. Preciso de um favor teu. Se por acaso vires o nobre De Guiche, por favor, entretenha-o por quinze minutos enquanto eu e Cristiano somos abençoados pelo frade. Farás isso por mim?

– O que eu não faço por ti – respondeu Cyrano, conformado. – Os acontecimentos estavam tomando rumos inesperados e saindo fora de controle.

Logo depois que o casal acompanhado do frei entrou na casa, apareceu De Guiche. Disfarçado sob uma capa e máscara negras, ele procurava localizar a casa de Roxana, certo de que ela já recebera a carta marcando um encontro.

Cyrano, então, atendendo ao pedido da prima, também coberto pelo seu manto, disfarçando a voz, pulou na frente do nobre, como se fosse um louco andarilho...

– Que queres, infeliz? – gritou De Guiche, após levar um susto. – Surgiste do nada, como um fantasma?

– Vim da Lua, vim da Lua. Que planeta é este?

– Ah, céus, só me faltava um louco! Por onde anda o frade capuchinho que não me trouxe resposta?

– Quem és, de onde vieste? – continuou Cyrano fingindo sua loucura. – De um outro planeta? Olha, tenho poeira de cometa nos meus cabelos...

– Valha-me Deus! – De Guiche tentava se livrar do louco, mas ele continuava saltitando à sua frente. – Deixa-me, infeliz, segue tua triste trajetória...

– Mas para onde vou, para onde vou? – continuava Cyrano, dançando à volta do outro, enquanto o frade capuchinho casava Roxana e Cristiano.

– Deixa-me, imbecil! – gritou De Guiche, tentando se livrar do louco. – Uma dama me espera...

– Só sei que vim da Lua, que vim da Lua, e não sei em que planeta eu me encontro, que rosto estranho o teu, são todos assim por aqui?

Assim, fazendo-se de louco, ele entreteve De Guiche até que os quinze minutos se passaram. Então, falando com voz natural, ele disse:

– Tudo bem, meu caro nobre, já posso voltar à verdadeira identidade. Reconheces este nariz, mesmo no escuro?

– Cyrano de Bergerac! – O outro não cabia em si de surpreso. – Que fazes aqui se fingindo de louco? Que brincadeira é esta?

– O tempo necessário para que o belo casal fosse unido em matrimônio – completou Cyrano, para espanto do outro, enquanto Roxana e Cristiano apareciam na porta da casa, abraçados.

– Que temos aqui? – perguntou De Guiche sem entender o que se passava.

– Apenas cumpri suas ordens conforme a carta. – Apressou-se a dizer o capuchinho.

– Ah, sei, as ordens da carta – sorriu o nobre, compreendendo o que se passara. E fitando Roxana, ironizou:

– Cumprimento-a por sua esperteza, minha bela. Mas não te alegres tão cedo: tenho em meu poder uma ordem do cardeal para que a Companhia de Cadetes da Gasconha siga imediatamente para Arras, que está cercada pelos espanhóis.

– Mas prometeste que eles não iriam. – Ainda tentou argumentar Roxana.

– Ordens do cardeal Richelieu, meu bem – respondeu, sarcástico, De Guiche. – Anda, despede de teu marido!

Cyrano agradeceu em pensamento a De Guiche por evitar a noite de núpcias do casal, enquanto Roxana lhe suplicava que cuidasse para que Cristiano não fosse ferido nem sentisse frio. E que lhe escrevesse lindas cartas.

– Ah, isso lhe prometo com certeza... – disse Cyrano.

6
NO CAMPO DE BATALHA

OS CADETES DO REGIMENTO comandado por De Guiche entraram em luta ferrenha contra os espanhóis. Acabaram cercados na cidade de Arras, numa pequena clareira em meio à floresta.

Exaustos e famintos, pois os víveres haviam acabado, esperavam pelo pior. Vários deles gemiam, dizendo que trocariam tudo o que tinham por um pedaço de pão. Outros tentavam caçar pequenos animais, mesmo os mais peçonhentos, para matar a fome. Alguns, em desespero, até comiam folhas de árvores...

Cristiano também estava fraco e desesperado. Casara-se com Roxana, mas nem puderam consumar o casamento. Quando e se veria novamente a esposa era uma incógnita. Talvez até morresse em batalha ou mesmo antes disso, de inanição, pois sentia que as forças o abandonavam.

De repente, o silêncio foi quebrado pelo soar de tiros. Logo a seguir, chegava Cyrano correndo... Parecia que viera das linhas inimigas.

Le Bret, sempre o companheiro fiel, aproximou-se do amigo ainda ofegante da corrida:

– Que loucura é essa, Cyrano, escapaste de morrer ainda agora...

– E tenho escapado desde que esta maldita batalha começou – respondeu o outro, rindo da sua insensatez.

– Tudo por causa de uma mulher que nem sabe o quanto a amas. – O outro balançou a cabeça, desconsolado.

– E escapo duas vezes ao dia – continuou Cyrano, contando vantagem. – Roxana recebe duas cartas em vez de uma...

– Louco, irresponsável. De que adiantaria morrer por esse amor? Não te disse sempre que era muito melhor se declarar a Roxana, antes que se casasse com Cristiano? Ela sempre te quis um enorme bem e te amaria com certeza...

– ... Com este rosto deslumbrante que a natureza me deu? – completou Cyrano, sarcástico. – Tenho coragem e talento, sei falar de amor, enternecer o coração de uma mulher. Ele, contudo – e apontou Cristiano que dormia, exausto – tem a formosura. Olha, até mesmo pálido de fome é belo como uma pintura...

– Pobre amigo! – lamentou Le Bret. – Não sei mais o que te diga. Tua vida será sempre esse mesmo suplício, porque tu mesmo não te aceitas e julgas os outros por ti.

– Deixa-me, que vou escrever mais uma carta – replicou Cyrano, afastando-se para uma pequena tenda.

– O que fazes? – perguntou, de repente, Cristiano, surgindo à sua frente.

Tomado de surpresa, Cyrano tentou esconder a carta. Mas o outro, curioso, aproximou-se:

– Para quem escreves no meio deste inferno?

Cyrano ainda tentou argumentar, mas Cristiano, tomado por uma desconfiança, exigiu saber quem era o destinatário da missiva. Cyrano, pego em flagrante, acabou confessando que era para Roxana.

Cristiano, então, quis ler a carta. E, à medida que lia, mais desconfiado ainda ficava. Até que falou:

– Não é de hoje que suspeito. Não é possível apenas por seres poeta que escrevas coisas tão divinas e apaixonadas para Roxana. Anda, confessa: tu a amas...

– Não como pensas, ela é para mim uma irmã querida. – Tentou disfarçar Cyrano. – Quero apenas que ela não sinta tanto a tua falta. Tenho mandado cartas todos os dias para consolá-la.

– O quê? – Cristiano não podia acreditar no que ouvia. – Então... Aqueles tiros que ouvi.

– Fui eu atravessando as linhas inimigas – confessou Cyrano.

– Não me diga que todos os dias... – Cristiano, assim como Le Bret, estava espantado com a revelação.

– Sem falta – entregou Cyrano, vangloriando-se mais uma vez.

– E ainda assim não admites que amas Roxana? – disse Cristiano, entre sentimentos confusos de revolta e piedade.

– Eu a amo, sim, confesso, mas é a ti, teu belo rosto, teu porte altivo que ela realmente ama – declarou Cyrano, tristemente. – Fica com esta última carta que escrevi. Logo haverá uma sangrenta batalha. Talvez não saiamos vivos desta floresta.

Cristiano pegou a carta e a guardou no bolso do uniforme. Logo a seguir ouviram o som de cavalos que se aproximavam a galope. Era o conde De Guiche que chegava acompanhado de seus tenentes. Disse que se preparassem porque em seguida, ao som do clarim, entrariam em combate definitivo contra os espanhóis.

7
REVIRAVOLTA

FAMINTOS E FRACOS, os soldados tentavam se levantar para obedecer à ordem do comandante. Sabiam que os espanhóis já se aproximavam da clareira, e o combate seria feroz.

De repente, outro ruído de cavalos chegando chamou a atenção de todos. Supondo que fosse o inimigo, eles puseram-se em guarda. Espantados, viram quando adentrou a clareira uma carroça...

– Quem vem lá? – gritou De Guiche, sacando a espada, pronto para atacar o intruso.

– Sou eu, sou eu! – respondeu um vulto coberto por uma capa, pulando da carroça. De repente, o vulto descobriu-se e, para espanto de todos, viram que era...

– Roxana! – gritou Cristiano, recuperando as forças e indo a seu encontro. – Que loucura é essa? O que faz aqui? Estamos prestes a entrar num combate sangrento.

A jovem aproximou-se sorridente e jogou-se nos braços do marido:

– Eu tinha de vir, eu tinha. Tuas cartas incendiaram meu coração...

– Minhas cartas – repetiu ele, compungido. – Então são elas novamente que te enternecem a ponto de correres todo esse risco...

– E como não correria, meu amor? – disse Roxana ainda abraçada a ele. – Eu precisava vir e dizer que te amo, mas agora de uma forma diferente.

Ele afastou-a, aflito:

– Diferente, como? Ousas dizer que não me amas mais?

– Se não te amo mais? Pelo contrário. – Roxana tornou a abraçá-lo efusivamente. – Eu te amo cada vez mais, mas não apenas por tua formosura, pelo teu porte altivo.

– Então, por que me amas mais? – perguntou, arfante, Cristiano, já antevendo a resposta.

– Eu te amo pelo teu espírito, meu amor, pela sensibilidade e inteligência que transpiram de tuas cartas; tuas palavras, teus versos são como coisas vivas que criam raízes no meu coração. Eu te amaria ainda que fosses diferente...

– Diferente, como? Feio?

– Não apenas feio, horrível, até mesmo disforme. Porque descobri que é agora a minha alma que ama a tua alma...

Horrorizado com a revelação, Cristiano saiu correndo, deixando Roxana atônita. Passando por Cyrano, o jovem disse, desatinado:

– Ela não me ama mais, é a ti que ela ama.

Curioso, Cyrano aproximou-se de Roxana que continuava espantada com a reação brusca do marido. Então, perguntou:

– O que aconteceu, o que lhe disseste? Ele passou por mim ainda agora dizendo bobagens...

– E eu que julgava fazê-lo tão feliz – respondeu Roxana, desolada. – Disse a ele que o amo cada vez mais, não apenas por ser belo, mas pela sua inteligência e sensibilidade. Tu precisavas ler as cartas que ele me manda.

– Imagino. Para te dares ao trabalho de vir até o campo de batalha, arriscando a própria vida.

– E trouxe víveres, vem que te mostro. – Pegando o primo pela mão, ela o arrastou até a carroça. Dela surgiu Raguenau sorridente que, imediatamente, começou a gritar chamando pelos soldados:

– Aqui, aqui, comida, comida!

Uma pequena multidão cercou a carroça. Raguenau, feliz da vida, começou a distribuir pães e tortas, presuntos e outros assados que os rapazes acolhiam como se fosse um verdadeiro milagre. Em questão de segundos, estavam refestelados na clareira, devorando tudo.

Cyrano e Roxana, preocupados, procuraram em vão por Cristiano. Até que um dos soldados disse:

– Eu o vi sair correndo em direção ao campo de batalha. Parecia desatinado. Fraco como estava, não deve ter ido longe, perdeu todo este banquete.

À distância, ouviam-se cada vez mais tiros. Com o pelotão bem alimentado, finalmente De Guiche ordenou que se pusessem em marcha para o combate. Os espanhóis já deviam estar bem próximos dali.

Enquanto partiam, Roxana pediu que Cyrano ficasse um pouco com ela. Estava aflita com o sumiço de Cristiano. Tanto trabalho para trazer os víveres, e agora isso. Onde estaria o marido, fraco por causa das privações?

Os tiros continuaram cada vez mais próximos. Não saberiam dizer quanto tempo se passou, quando escutaram gritos de soldados se aproximando... Quando Roxana e Cyrano os avistaram, eles traziam um homem aparentemente ferido.

Roxana não queria acreditar que era Cristiano coberto de sangue. Ela se jogou sobre ele chorando:

– Que fizeste? Por que fugiste de mim?

Ele apenas balbuciou com as últimas forças que lhe restavam:

– Roxana!

Condoído, Cyrano debruçou-se sobre o jovem e disse-lhe baixinho ao ouvido, sem que a prima escutasse:

– Eu contei a verdade para Roxana, é a ti que ela ama!

Cristiano pareceu sorrir com a revelação, mas, ferido de morte, deu o último suspiro para desespero de Roxana.

Sacudindo o corpo do marido como se ainda pudesse fazê-lo voltar à vida, ela encontrou uma carta no bolso do seu uniforme... Desesperada, repetia a Cyrano:

– Vê, ele ainda me escreveu uma última vez. Era o homem mais belo e gentil, o mais inteligente de todos, o mais sensível, o mais adorável amante que uma mulher podia ter...

– Sim – disse Cyrano, engolindo todo o seu orgulho. – Ele era tudo isso. – E morreu como um cadete corajoso, defendendo sua pátria. Deve ter orgulho dele!

– Eu guardarei esta carta sobre meu coração até o último dia da minha vida – disse Roxana, aos prantos.

8
REVELAÇÕES

QUINZE ANOS se passaram...

Desolada pela morte do seu amado, Roxana entrou para um convento. Sempre vestida de preto, mesmo sem ter se tornado uma freira, ela passava os dias em oração ou então bordando no amplo jardim. A última carta de Cristiano ela trazia, como prometera ao primo, sobre o seu coração.

Cyrano sobrevivera ao cerco de Arras, embora ferido, mas sem grande gravidade. Continuava o mesmo espadachim arrogante e briguento que provocava duelos por onde passasse e isso só fazia aumentar o número dos seus desafetos.

Seu grande amor por Roxana permanecera intacto. Ele a visitava todos os sábados, religiosamente, ao cair da tarde. Ela o esperava no jardim.

Cyrano aproveitava a ocasião para contar à prima todos os acontecimentos da semana em Paris: alguma doença do rei, quem era a favorita do momento, notícias da corte, enfim, todas as fofocas que corriam pela cidade... Roxana até o apelidara de "A Gazeta de Paris".

As freiras também gostavam muito de Cyrano, pela sua inteligência e sensibilidade. Quando o julgavam mal alimentado, chamavam-no para o refeitório e serviam a ele uma generosa refeição de pão caseiro, geleias e tortas que elas faziam. E, antes que ele chegasse para a visita semanal, já colocavam uma poltrona de vime ao lado da de Roxana, para o encontro dos primos.

Certo sábado, Le Bret apareceu para visitar Roxana. Era também um amigo querido que ela gostava de receber. Ele lhe disse que esperaria por Cyrano, pois andava preocupado com a situação dele: malquisto por muita gente, estava tendo inclusive problemas financeiros que tornavam sua subsistência cada vez mais difícil. Praticamente não comia uma refeição completa fazia tempo.

Roxana admitiu que o primo tinha um gênio difícil e era muito orgulhoso para pedir ajuda aos amigos, inclusive a ela. Pediu que Le Bret fizesse o possível para ajudá-lo, pois dedicava a Cyrano um amor fraternal.

Estavam conversando quando De Guiche, que também resolvera visitar Roxana naquele dia, chegou ao jardim. De coronel, ele passara a ser marechal; e de conde, tornara-se agora duque. Disse a ela que se arrependia de suas atitudes no passado. Agora que estava mais velho e ponderado, sabia que não agira de forma correta com Roxana. E aproveitava a visita para lhe pedir desculpas.

Roxana disse que não lhe guardava rancor. E, depois de trocarem algumas palavras, o duque pediu licença para ter uma conversa em particular com Le Bret.

– Tenho notícias muito preocupantes sobre Cyrano de Bergerac – disse ele. – Seu amigo granjeou ferozes inimigos através do tempo. Diga-lhe para ter muito cuidado porque fiquei sabendo que, como ele ainda não pode ser vencido num combate justo, tentarão matá-lo à traição. Que ele evite sair de casa, principalmente sozinho.

– Avisarei Cyrano imediatamente, duque, e agradeço muito pelo aviso – respondeu Le Bret. Em seguida, despediu-se de Roxana e partiu apressado em direção à casa do amigo para preveni-lo do perigo iminente.

Quase chegando, viu que uma pequena multidão se comprimia numa viela. Suspeitando do pior, correu até eles e os afastou, gritando:

– Deixem-me passar, deixem-me passar!

Estendido no chão, a cabeça ensanguentada, jazia Cyrano, inconsciente. Uma testemunha então contou que viu quando jogaram do alto uma enorme viga de madeira sobre Cyrano, que caminhava pela viela para cortar caminho, como sempre fazia...

Os homens, provavelmente lacaios de alguém que encomendara o crime, fugiram em disparada, sem que ele pudesse identificá-los.

Desesperado, Le Bret pediu ajuda ao homem para levar Cyrano para casa. Chamado às pressas, um médico diagnosticou o caso como muito grave, pois a vítima havia sido atingida na cabeça. Só um milagre poderia salvá-lo e ainda assim se ficasse em repouso absoluto. Não havia mais o que se pudesse fazer.

Já era bem tarde e nada de Cyrano aparecer. As freiras haviam colocado a poltrona ao lado de Roxana, que bordava aflita com o atraso. Nunca, em quinze anos, o primo deixara de visitá-la. O que poderia ter acontecido?

Eis que, de repente, surgiu Cyrano trazendo um chapéu enterrado até as orelhas. Parecia cambaleante, mesmo apoiado em uma bengala.

Feliz que ele não tivesse faltado ao encontro semanal, Roxana correu até ele:

– Até que enfim, primo! Pensei que hoje irias me abandonar...

– Jamais – disse Cyrano, numa voz estranha, quase inaudível. – Jamais a abandonaria, minha querida menina...

– Já não sou uma menina – riu Roxana. – Sou apenas uma viúva que borda no jardim de um convento, tendo as recordações como companhia. Inclusive a última carta de meu amado Cristiano que trago sempre sobre o meu coração...

– Leia para mim – pediu Cyrano, caindo derreado na cadeira.

– Ora, farei melhor. Tu a lerás para mim – disse Roxana, tirando a carta da blusa e a entregando a Cyrano, que fingiu que a lia, enquanto Roxana passeava pela alameda, antegozando as palavras amorosas...

De repente, ela se deu conta de que estava escuro demais para que o primo pudesse ler; mais que isso, a voz que recitava aqueles versos admiráveis não lhe era estranha, similar à que ouvia na sacada de seu quarto, na juventude...

Uma dúvida atroz perpassou pela sua mente... Ela então se aproximou sem que ele percebesse. Cyrano continuava recitando os versos, enquanto a carta jazia jogada no chão...

– Meu Deus! – exclamou aturdida.

– Eras tu, eras tu o tempo inteiro a voz que recitava os poemas, a mão que escrevia as cartas... Por que, por que não me disseste a verdade?

– Ah, minha querida – respondeu Cyrano, já ofegante. – Porque amavas Cristiano, aquele belo rapaz. Por que me amarias, tão feio, tão disforme?

– Porque sempre te amei sem saber, Cyrano – desabafou Roxana. – Eu disse a Cristiano que era a minha alma que amava a alma dele... Por quinze anos permaneceste incógnito quando podias ter sido tão amado...

– Agora é tarde, sinto que morro – replicou Cyrano, arrancando o chapéu. Só então ela percebeu a situação, ao ver a atadura manchada de sangue.

– Não morras, meu amor! – gritou Roxana, abraçando-o, desesperada.

Mas Cyrano, já agonizante, apenas conseguiu murmurar:

– Vivi por teu amor e morro em teus braços... Que mais posso desejar?

O PROFUNDO CÉU AZUL...
Giselda Laporta Nicolelis

GISELDA LAPORTA NICOLELIS.

Brasileira, nasceu em São Paulo, em 27 de outubro de 1938. Foi aluna de colégio de freiras francesas dos sete aos dezoito anos. É desse período a descoberta da grande paixão: os livros. Estava com nove anos quando o pai lhe perguntou: "O que você vai ser quando crescer?". Nem titubeou ao responder: "Escritora".
Sua capacidade de espantar a família não aconteceu apenas na infância. Na década de 1950, resolveu fazer Jornalismo. Uma temeridade, pois jornalista era visto na época como um boêmio que ficava tocando violão no bar da esquina, enquanto bebia. Imagine só se era profissão para moça de família! Mas apoiaram sua decisão. Afinal, o pai sempre comentava que "filha minha vai ter profissão, não vai depender de marido" e Giselda perseguiu o seu sonho, graduando-se na Faculdade de Comunicação Social Cásper Líbero.
Em 1974 iniciou a carreira literária. Foi uma das primeiras autoras a se dedicar com exclusividade ao público juvenil, tal como o falecido escritor Ganymédes José. A parceria Giselda-Ganymédes rendeu não só um bom livro como também o reconhecimento: em 1985, Awankana levou o prêmio Jabuti de Literatura Juvenil. Outras obras de Giselda também foram premiadas, como Macaparana (Prêmio APCA, 1982, Melhor Livro Juvenil do ano); O Sol da liberdade (menção especial da FNLIJ/ Prêmio Alfredo Quintella, Literatura Juvenil, 1986) e Táli (finalista do Prêmio Jabuti, Literatura Juvenil, 1989).
Uma das marcas registradas da literatura juvenil de Giselda é a abordagem de temas polêmicos. Talvez influenciada pela primeira "paixão jornalística", a autora não se amedronta diante deles, mesmo sabendo que muitos dos livros juvenis adotados em escolas podem incomodar os mais sensíveis (ou hipócritas), que temem discutir esses assuntos em sala de aula. Ela pesquisa, faz inúmeras entrevistas, compara diferentes pontos de vista para redigir suas histórias. Muitos dos mais

de 120 livros que publicou abordaram temas como alcoolismo, violência doméstica e sexual, paternidade responsável, racismo. Aliás, é por ser um "livro de denúncia do racismo" que Amor não tem cor (2002) consta no catálogo da Biblioteca Internacional de Munique, que seleciona os melhores livros escritos para jovens no mundo todo, publicados em diversos idiomas.

Na coleção **Três por Três**, Giselda abordou o tema da paixão, adaptando a lenda celta Tristão e Isolda e a peça Cyrano de Bergerac, de Edmond Rostand. Mas, à sua maneira particularmente crítica, inseriu um toque mais urbano e realista no texto de sua própria autoria. Em O profundo céu azul..., o que aproxima Eduardo e Aziza e os leva a se apaixonarem é um sequestro. A violência urbana se faz presente mesmo nos momentos mais intensos da vida de seus personagens.

Para concluir, ainda sobre o tema desse livro, registre-se a frase da autora: "escrever é paixão que não se cogita nem procura; aceita-se. É como um rio que corre inexoravelmente para o mar". Sua longa carreira e a constante aceitação de desafios torna Giselda uma das mais representativas escritoras da literatura juvenil brasileira. Para a coleção **Três por Três** é um privilégio contar com um volume de sua autoria.

1
OS AMIGOS

LAURO E EDUARDO CRESCERAM juntos. Vizinhos desde crianças, frequentaram a mesma escola e suas famílias também eram amigas. Quando terminaram o Ensino Médio, cada um foi para uma faculdade diferente: Lauro formou-se em jornalismo, Eduardo tornou-se advogado.

Lauro resolveu fazer mestrado e doutorado na Inglaterra, inclusive para aprimorar o seu inglês; conseguiu uma bolsa de estudos e partiu para Londres.

Eduardo permaneceu no Brasil. Estudioso e aplicado, ele passou com facilidade no difícil exame da OAB – Ordem dos Advogados do Brasil – e abriu seu próprio escritório.

Em Londres, tempos depois, Lauro conheceu Aziza, cujo nome em árabe significa 'querida'. Filha de um diplomata brasileiro, a garota já correra meio mundo acompanhando a família.

O fato de Lauro e Aziza serem brasileiros, falarem o mesmo idioma e terem o mesmo interesse pelos estudos os aproximou. Acabaram amigos, depois namorados e, finalmente, noivos.

Após concluir o doutorado, Lauro resolveu voltar para o Brasil. Aziza concordou em também vir morar no país. Assim que concluísse os seus estudos, ela viria para se casar com o rapaz.

Ao voltar ao Brasil, entusiasmado, Lauro não se cansava de falar de Aziza: de sua beleza, inteligência e sensibilidade... Era, na opinião dele, uma mulher perfeita. Apaixonadíssimo, vira e mexe mostrava para Eduardo a foto da amada.

O amigo concordava: realmente, Aziza era belíssima, de uma beleza exótica. Morena, de cabelos negros e profundos olhos azuis. E, com as demais qualidades, quem não se apaixonaria por uma mulher assim?

Concluído finalmente seu doutorado, Aziza marcou a data da viagem. Lauro preparava-se para recebê-la e, assim, iniciarem os preparativos para o casamento. Parentes da jovem moravam em outro Estado, mas todos viriam para a grande data, inclusive seus pais e irmãos, que continuavam em Londres.

Na véspera da chegada da noiva, Lauro não se continha de ansiedade. Eduardo procurava acalmá-lo:

– Calma, rapaz, ela vai chegar. Pelo amor que une vocês, só mesmo um meteorito caindo na Terra impediria que ela viesse...

– Você não pode imaginar o quanto amo Aziza – derreteu-se Lauro. – Ela é a mulher dos meus sonhos. Foi o destino que me fez ir estudar em Londres. Parece que o nosso encontro estava marcado nas estrelas...

– Meu Deus, como está romântico este meu amigo! – riu Eduardo. Os amigos eram bem diferentes, tanto no físico quanto no temperamento. Lauro era alto, sarado e extrovertido. Graças a sua competência, tornou-se âncora de um jornal televisivo, com muito sucesso. Eduardo era de estatura mediana, magro e introvertido.

Como advogado, conquistou clientes fiéis confiantes na sua discrição e competência. Sua fama de bom profissional foi adquirida pela propaganda "boca a boca": um cliente satisfeito o indicava para o próximo. Ele se especializara em direito de família: fazia inventários, divórcios, processos de comprovação de paternidade etc. Área bastante delicada porque envolvia, muitas vezes, emoções profundas e grandes disputas entre as partes.

Lauro estava eufórico na expectativa do encontro com a noiva. Não via a hora de abraçá-la. E apresentá-la depois ao amigo. Havia, inclusive, convidado Eduardo para ir também ao aeroporto. Mas o rapaz achou que seria melhor Lauro ir sozinho. Há meses que os dois jovens não se viam, precisavam de um mínimo de privacidade.

– Tudo bem – concordou Lauro. – Mas, assim que der, a gente janta os três juntos, está legal? Não vejo a hora de você conhecer...

–... A Deusa – completou Eduardo. – Está combinado, não vai faltar oportunidade.

– Meus pais também não veem a hora de conhecer a futura nora – disse Lauro. – Ela vai ficar hospedada em casa até o nosso apartamento ficar pronto.
– Você foi muito feliz com o decorador que contratou – confirmou Eduardo, que já visitara o imóvel a convite do amigo. – Acho que a Aziza vai gostar.
– Sorte que o meu pai está tão feliz com a possibilidade de netos que me deu aquela força na parte financeira – explicou Lauro.
– Você merece, amigo, sempre foi um filho maravilhoso.

2
A CHEGADA

FINALMENTE CHEGOU O DIA tão esperado. Atendendo a um cliente em seu escritório, Eduardo imaginava o amigo saindo apressado de casa e dirigindo o carro para o aeroporto internacional para recepcionar sua amada Aziza.

Estava no meio da consulta, quando o telefone tocou. Atendeu despreocupado, mas logo se assustou ao ouvir a voz desesperada de Lauro do outro lado da linha:

– Ainda bem que o encontrei, aconteceu uma coisa horrível...
– O que foi? Você foi assaltado? Está ferido? – perguntou o rapaz, aturdido.
– Não. Eu estou bem. Foi um motoboy que praticamente se jogou contra o meu carro, no caminho para o aeroporto...
– Meu Deus! – arrepiou-se Eduardo. – O rapaz... morreu?
– Acho que não – respondeu Lauro. A resposta foi seguida por um silêncio... Parecia que ele estava tomando fôlego. – Já chamei o resgate e não posso sair daqui. Preciso de um favor urgente seu, meu amigo...
– Imagino qual seja... Buscar a Aziza no aeroporto, não é? Estou com um cliente aqui, mas saio num instante. Ouça, Lauro, você deve procurar alguma testemunha, porque estava sozinho na hora do acidente, não estava?
– Sim, sim – concordou o outro. – Com testemunha ou não, preciso esperar o resgate. Nossa, acho que ele está se mexendo, graças a Deus, morto não está. E nem posso tocar nele, porque posso piorar a situação.

– Calma! – aconselhou Eduardo. – Aguarde o resgate e deixe o celular ligado. Não deixe de me dar notícias. Assim que deixá-la em casa, eu sigo para onde você estiver...

Procurando também manter a própria calma, Eduardo desculpou-se com o cliente e partiu para o aeroporto. Ainda bem que o amigo lhe mostrara várias vezes o retrato de Aziza e sabia como reconhecê-la. A moça, entretanto, precisaria se convencer de quem ele era realmente. Ainda mais com a fama que o Brasil tinha no exterior de ser um país violento.

Aguardou no saguão do aeroporto até que o painel avisou que o avião vindo de Londres acabara de aterrissar. Daí, foi só esperar que os passageiros desembarcassem e a moça pegasse sua bagagem.

Quando Aziza surgiu à sua frente, ele sentiu o coração acelerar: céus, ela era muito mais bonita do que na foto, realmente uma deusa.

Ficou simplesmente embasbacado, sem conseguir se mover. Finalmente, caindo em si, dirigiu-se até ela. – Com licença, você é Aziza, não é?

A jovem voltou-se surpresa: – Quem é você? Eu o conheço? Espere... Sua fisionomia não me é estranha...

Ele respirou fundo: – Sou Eduardo, amigo de infância de Lauro, você deve ter visto minha foto, assim como vi a sua...

– ... Ah, agora me lembro. Mas por que ele não está aqui? – estranhou a moça. – Houve algum contratempo?

– Exatamente, mas não se assuste, ele está bem. Foi um motoboy que, na pressa, se chocou com o carro do Lauro e está ferido. Seu noivo está à espera do resgate, não pôde sair do local e, então, pediu que eu a levasse à casa dos pais dele.

– Nossa! – disse Aziza. – Que azar, justo hoje! Espero que o rapaz esteja bem. Que coisa lamentável.

– Parece que está apenas ferido. O resgate costuma ser efetivo, mas existe o problema do trânsito da cidade, que anda infernal. O Lauro ficou de dar notícias. Aliás, aproveite e ligue para ele do meu celular.

Foi o que Aziza fez. Lauro tranquilizou-a dizendo que tudo estava sendo resolvido a contento.

Ela e Eduardo, então, dirigiram-se para o carro que estava estacionado numa das alamedas. Aziza trouxera muita bagagem, visto que estava retornando ao Brasil.

O rapaz notou que ela falava um português com bastante sotaque, devido aos longos anos passados no exterior, o que lhe dava um encanto todo especial.

Finalmente, tomaram a estrada que os levaria de volta à cidade. Durante o percurso foram trocando ideias e o rapaz logo percebeu o quanto de verdade havia na afirmação do amigo sobre a inteligência e sensibilidade da noiva. Além de bonita, era uma esplêndida interlocutora.

Estavam já dentro da cidade e continuavam num papo descontraído quando pararam num farol, numa rua sem muito movimento. Repentinamente, um homem, mostrando ostensivamente uma pistola, bateu no vidro do carro, dizendo:

– Abra a porta, senão atiro!

Eduardo, procurando manter o sangue frio, obedeceu à ordem do bandido sem esboçar nenhuma reação, muito menos encará-lo. Quantas vezes ele dera esses conselhos para seus clientes. Chegara a sua vez de pô-los em prática.

Em segundos, ele e Aziza foram arrancados do carro pelo bandido e pelo comparsa que surgiu do nada do lado da jovem, e jogados no porta-malas do carro. Por sorte, a jovem, em estado de choque, também não gritou nem reagiu.

Rodaram por algum tempo até serem levados para o cativeiro em algum local desconhecido.

Durante o trajeto, Aziza tremia e suava, pois estava em pânico. Eduardo tentava tranquilizá-la dizendo, baixinho, para não ser ouvido:

– Fique calma, a gente sai dessa. Não vai acontecer nada.

3
O CATIVEIRO

FICARAM CONFINADOS durante dias num pequeno quarto, com uma única cama de solteiro, onde foram colocados amarrados, com cordas, pelos pulsos, um ao lado do outro.

Os assaltantes descobriram o passaporte de Aziza e quiseram saber onde encontrariam seus familiares. Quando ela explicou que eles residiam em Londres, e os demais em outros Estados, agitaram-se, pois pretendiam um bom resgate.

Foi então que Eduardo lhes pediu que procurassem Lauro, pois o jovem, com certeza, atenderia ao pedido deles. Ainda desconfiados, mas ávidos por conseguirem dinheiro, os sequestradores foram ligar, de um telefone público, para o noivo da jovem. Caso usassem celular ou telefone fixo, poderiam ser rastreados e, consequentemente, descobertos.

Ficaram no casebre apenas as vítimas, que eram vigiadas por uma mulher de aparência fria e pela filha adolescente.

Como Aziza ainda tremia, Eduardo pediu à garota, que parecia de melhor índole, que trouxesse um copo d'água com açúcar, o que ela fez, à revelia da mãe.

Passaram os dias a pão, bolachas e água. Para ir ao banheiro, era uma luta, pois havia a necessidade de desamarrar um do outro – era preciso esperar o retorno dos bandidos, quando, então, um deles ficava de tocaia na porta do sanitário, arma em punho.

Eduardo tentava convencê-los de que não pretendiam fugir, e a corda já machucava os finos pulsos de Aziza, que ameaçavam sangrar. Mas ficaram insensíveis.

Na hora de dormir era um tormento tentar se ajeitar na cama estreita. Qualquer movimento de um deles feria o outro porque retesava a corda que os prendia. Eduardo procurava, dentro do possível, não causar maiores constrangimentos à companheira de suplício. Mas não podia evitar a emoção de sentir o doce perfume dos seus cabelos e de se arrepiar ao contato da maciez de sua pele... Chegava até a ouvir o pulsar descompassado do coração de Aziza, apavorada com a situação.

Pelo visto, o acordo pelo valor do resgate se arrastava... Provavelmente Lauro teria exigido provas de que o amigo e a noiva continuavam vivos, porque, certo dia, um dos bandidos apareceu de máquina digital e tirou fotos dos dois que, provavelmente, imprimiria depois em algum computador.

A situação se tornava insustentável. Para evitar que Aziza entrasse novamente em pânico, Eduardo procurava conversar com a jovem para distraí-la. Contou dos tempos de criança em que Lauro e ele faziam as maiores estripulias – o amigo era sempre o mais levado.

Passavam as férias na fazenda dos pais de Lauro. Lá, o garoto, querendo bancar o Tarzan, sempre que passava galopando embaixo de alguma árvore, tentava se segurar num dos galhos e, nisso, acabou quebrando o braço duas vezes. Aziza tentava rir, imaginando o noivo naquela situação e em outras relatadas pelo amigo, mas logo voltava a se desesperar. Não podia acreditar que estivesse vivendo tal situação.

Com o passar dos dias, Eduardo percebeu que tinha de tomar alguma atitude. Temia que Lauro e os sequestradores não entrassem num acordo, ou – mesmo que entrassem – que os bandidos resolvessem se livrar dele e de Aziza.

Disfarçadamente, começou a elaborar um plano de fuga. Deveria acontecer na ausência dos bandidos, quando a vigilância era feita pela mulher e pela filha. A mais velha parecia muito fria e insensível. Com a garota, poderia ser mais fácil.

Numa das ocasiões em que a mãe se afastou, e reparando que a garota era alta e esguia, iniciou uma conversa, assim como quem não quer nada:

– Você já pensou em ser modelo?

– Por quê? – perguntou a garota, visivelmente interessada.

– Ora, porque, por coincidência, eu sou um fotógrafo especializado em fazer *books* para modelos. Você sabe o que é isso?

A garota tinha os olhos brilhantes ao responder:

– Claro que eu sei! Eu sempre quis fazer um *book*, mas nunca tive dinheiro. Minha mãe até me prometeu uma parte do dinheiro que vai ganhar...

– Nossa, que dedicação! – O rapaz fingiu admirar-se. – Pois eu tenho uma proposta melhor pra você. Se ajudar a gente a escapar, eu lhe prometo que farei um *book* de graça. E tem mais. Sabe essa moça aí? Reparou que ela fala com sotaque carregado?

– Ela é estrangeira? Reparei, sim. Tem horas que nem entendo direito o que ela diz, porque fala meio apertado...

– Ela é inglesa e representante de uma grande agência de modelos. Aprendeu a falar português porque veio, justamente, escolher uma menina brasileira para ser a estrela de uma grande campanha internacional...

– Jura? – Os olhos da garota arregalaram-se. – E você acha que eu tenho alguma chance?

Eduardo mediu a garota da cabeça aos pés e disse:

– Tenho observado... Você leva muito jeito. É alta, magra, você tem pouco busto e quadril, as medidas certas... Olha, com um banho de loja, de cabeleireiro, com fotos tiradas por um especialista como eu... Já pensou? Você em Londres, capa de revista, desfilando por aí, viajando o mundo todo, bem longe dessa miséria toda?

– Se eles descobrem, eu e a minha mãe estamos mortas – estremeceu a garota. – Daí o que vai adiantar? Eles são do mal, pode crer.

– Não, se a gente fizer bem feito – disse Eduardo. – A gente pode fingir que conseguiu escapar, mas, pra isso, precisamos da sua ajuda.

— Mas vocês têm de me levar junto — disse a garota decidida. — Como se eu fosse refém de vocês.

— Esperta, você, hein?! Combinado — disse Eduardo. — O plano é o seguinte. Escute com atenção...

4
E AGORA?

NA PRIMEIRA OPORTUNIDADE em que ficaram os três sozinhos, puseram o plano em ação: a garota desamarrou Eduardo e Aziza e deixou-se amarrar pelo rapaz como se fosse realmente ela própria a vítima de um sequestro.

Quando a mãe da garota apareceu, Eduardo, tentando parecer malévolo, disse:

— Não se atreva a impedir nossa fuga, caso contrário não respondo por mim.

— Tudo bem, tudo bem — reagiu a mulher apavorada. — Podem ir, mas, por favor, não façam mal à minha filha, só tenho ela...

— Então não deveria estar levando sua filha para uma vida de crimes — completou Eduardo. — Ainda é tempo, sabia? Caso contrário seu destino é a cadeia ou a morte...

— Não acredito em destino — disse a mulher. — Vão embora de uma vez antes que eles cheguem. Eu vou dar uma desculpa de que você achou uma faca escondida, qualquer coisa, e me rendeu. Mas prometa não maltratar a menina.

— Fique sossegada, dona, nós não somos bandidos — respondeu Eduardo, constrangido.

Fugiram pela porta dos fundos e correram até alcançar um telefone público. De lá, Eduardo fez uma ligação a cobrar para Lauro. Quase uma hora depois, pois estavam num bairro de periferia bastante afastado, viram, aliviados, quando o carro de Lauro veio chegando devagar até o ponto onde estavam.

O rapaz desceu do carro e precipitou-se para a noiva. Deu-lhe um prolongado abraço. Depois abraçou Eduardo, dizendo:

— Só você mesmo, com a sua inteligência, para conseguir escapar ileso do cativeiro. Nunca poderei lhe agradecer o suficiente por ter salvado a vida de Aziza.

Daí, reparando na garota que os acompanhava, perguntou:

– Quem é essa? Estava sequestrada também?

– Vamos sair logo daqui, durante o trajeto eu lhe conto tudo – disse Eduardo, aflito. A qualquer momento os bandidos podiam voltar.

A pedido de Eduardo, Lauro foi direto para uma delegacia de polícia. Para que a garota não se assustasse, Eduardo contou a verdade durante o trajeto.

– Você me enganou! – reagiu a garota, revoltada. – Bela recompensa eu vou receber por ter salvado vocês. Vai me entregar à polícia, não vai?

– Em primeiro lugar, garota – disse Eduardo, calmamente – eu lhe fiz um favor. Viu como você é crédula? Acreditou de cara em tudo que lhe prometi! Eu sou um cara do bem, mas e se fosse o contrário? Se fosse um traficante de mulheres, um psicopata, como já aconteceu por aí? Você poderia até ter morrido. Espero que aprenda esta lição: nunca confie em estranhos que lhe prometem maravilhas sem sequer comprovar o que são realmente.

– Então nunca vou ser modelo? – choramingou a garota.

– Ora, depende de você. Você realmente tem um bom tipo físico. Trate de estudar, para depois arrumar um emprego decente, faça seu *book*, entre num concurso de modelos. Quem sabe você se torne realmente o que quer. Mas não se esqueça: a vida não é feita apenas de modelos, garota, há inúmeras outras profissões. Você é jovem, tem saúde, pode ser o que quiser, só depende de você. Nada cai do céu, nunca se esqueça disso.

– E o que vai acontecer comigo, agora? – perguntou ela. Vou ser presa?

– Se a polícia localizar o cativeiro, os outros serão presos, com certeza, incluindo sua mãe. Sinto muito, mas ela é cúmplice dos bandidos. Como você é menor de idade, provavelmente será mandada para uma instituição para menores infratores. Mas eu prometo, como advogado que sou, que intercederei por você. Direi que nos libertou por sua livre e espontânea vontade. O juiz, com certeza, levará isso em consideração. Quem sabe a deixe em liberdade sob a guarda assistida de um parente...

– ... Eu tenho uma avó que é uma pessoa do bem – disse a garota, mais animada.

– Então é isso aí. Vamos torcer para que tudo dê certo. Mas você vai me prometer que não vai desperdiçar a sua vida daqui por diante, tá legal? Não é todo mundo que consegue uma segunda chance.

– Eu prometo – garantiu a garota.

Os dias seguintes foram cheios de surpresa. Aziza, após passar por um tratamento de estresse pós-traumático, que lhe causava crises de pânico, resolveu voltar para Londres, para a companhia da família, adiando o casamento.

Lauro não se conformava com isso. Perguntou a Eduardo se sabia o porquê da atitude tão inesperada. Este procurou consolar o amigo dizendo que a noiva precisava de um tempo. A experiência do sequestro fora demais para sua sensibilidade.

Mas, dentro dele, bem sabia o motivo da indefinição de Aziza a respeito do casamento com Lauro: ele se apaixonara por ela no momento em que a vira pela primeira vez, no desembarque do aeroporto. Ela, provavelmente, se apaixonara por ele no cativeiro, quando, amarrados lado a lado na estreita cama de solteiro, varavam a madrugada conversando, pois a moça não conseguia dormir e ele a consolava...

Naqueles instantes de pavor e insegurança, o coração de um falava com o do outro, num consolo mútuo e generoso. Assim, um grande amor se instalara aos poucos entre ambos, sem que percebessem...

Quando Lauro abraçara Aziza, após a fuga do cativeiro, ela correspondera, mas sem o antigo entusiasmo...

A pedido do amigo, Eduardo acompanhou o casal ao aeroporto para a despedida da jovem. Quando chegou ao portão de embarque, ela ainda olhou para trás, mas Eduardo sabia para quem realmente ela estava olhando...

Entre ele e o amigo Lauro havia agora uma barreira intransponível: o profundo céu azul dos olhos de Aziza...

TRÊS PAIXÕES

Tristão e Isolda, Béroul e Gottfried de Strassburg
Cyrano de Bergerac, Edmond Rostand
O profundo céu azul..., Giselda Laporta Nicolelis

SUPLEMENTO DE LEITURA

Três paixões apresenta três narrativas emocionantes, que se passam em épocas muito diferentes. Nelas, paixões inevitáveis tomam conta das personagens que se arriscam e enfrentam todo tipo de dificuldade em busca de ser feliz ao lado do ser amado. A lenda celta *Tristão e Isolda*, cujas origens datam do século IX, apresenta a trágica história de amor vivida por Tristão, sobrinho do rei Marcos, da Cornualha, e Isolda, noiva prometida ao rei. *Cyrano de Bergerac*, escrita originalmente como peça teatral em fins do século XIX e que se passa na Paris do século XVII, é protagonizada pelo infeliz Cyrano, apaixonado por sua prima Roxana que, por sua vez, acredita amar Cristiano. Cyrano, apesar de corajoso e sensível, é feio: tem um nariz do tamanho de seu talento para os versos. Por isso, conforma-se em escrever poemas e cartas de amor para que Cristiano, sem talento intelectual algum, envie à Roxana. Já em *O profundo céu azul...*, narrativa contemporânea que se passa no Brasil, o drama provocado pela paixão inesperada será vivido por Eduardo, que se apaixona por Aziza, noiva de Lauro, seu melhor amigo.

POR DENTRO DOS TEXTOS
Enredos

1 As histórias reunidas no volume *Três paixões* apresentam enredos muito diferentes, que acontecem em épocas e lugares variados, envolvendo personagens distintos. Mas podemos observar características comuns às três narrativas. Cite algumas delas.

_____

_____

_____

_____

_____

2 Em sua opinião, que objetos e/ou acontecimentos são decisivos para que as personagens das três narrativas se apaixonem?

_____

_____

_____

_____

_____

_____

3 Nas três histórias que compõem este volume, as personagens vivem diferentes conflitos e proibições em relação às suas paixões. Explique que conflitos são vividos por:

Tristão: _____

_____

Isolda, a Loura: _____

_____

_____

Cyrano de Bergerac: _____

_____

_____

Eduardo: _____

4 Nas três narrativas, o destino parece pregar uma peça nas personagens. Em grupo, discuta esse aspecto das histórias e selecione passagens que retratam essa característica.

10 Em *Tristão e Isolda*, as duas personagens que se relacionam afetivamente com Tristão têm o mesmo nome – Isolda. A primeira, sua única paixão, é chamada Isolda, a Loura, e a outra, Isolda das Mãos Alvas. Destaque e comente algumas características dessas figuras femininas e de suas relações com o herói Tristão.

11 Qual a sua opinião a respeito do conflito que envolve Eduardo, Aziza e Lauro, de *O profundo céu azul...*? Discuta com seus colegas de classe a importância de sentimentos como a paixão, o amor e a amizade na vida humana.

Linguagens

12 Destaque algumas diferenças observadas entre a linguagem utilizada nas obras clássicas e na narrativa contemporânea.

---

13 Leia o diálogo entre Eduardo e a adolescente que, com sua mãe, participa do sequestro e vigia as vítimas no cativeiro, de *O profundo céu azul*...:
– *Pois eu tenho uma proposta melhor pra você. Se ajudar a gente a escapar, eu lhe prometo que farei um* book *de graça. E tem mais. Sabe essa moça aí? Reparou que ela fala com sotaque carregado?*
– *Ela é estrangeira? Reparei, sim. Tem horas que nem entendo direito o que ela diz, porque fala meio apertado...*

Comente a importância da linguagem na caracterização de Aziza e como o sotaque desta personagem é usado para o desenvolvimento da ação, que culmina com a libertação dos sequestrados.

PRODUÇÃO DE TEXTOS

14 A paixão e o amor são temas explorados não apenas na ficção, mas também na poesia.
Procure na biblioteca o poema intitulado "Neologismo", de Manuel Bandeira, e leia-o.

a) Em grupo, converse sobre o que achou deste poema;
b) Pesquise outros poemas, de autores variados, que tematizem a paixão e escreva um texto com sua opinião sobre eles. Os textos redigidos deverão ser lidos em classe e poderão ampliar o universo de poetas conhecidos do grupo.

ATIVIDADES COMPLEMENTARES
(Sugestões para Língua Portuguesa, Literatura, História e Geografia)

15 A coleção Três por três, na qual o livro *Três paixões* se insere, apresenta adaptações de obras clássicas para que sejam lidas pelo leitor jovem.
a) Em grupo, pesquise o significado dos seguintes termos: **obra clássica**, **texto integral** e **adaptação literária**. Você pode utilizar dicionários, dicionários de termos literários, textos sobre literatura, *sites*, entre outras fontes de informação;
b) Com a ajuda de seu professor, discuta com seus colegas as diferenças entre essas formas textuais;
c) Faça uma pesquisa sobre as obras originais adaptadas para o volume *Três paixões*, buscando obter mais informações sobre seus respectivos autores e contextos. Ao final da pesquisa, troque as informações coletadas com seus colegas de classe.

16 Procure assistir ao filme *Num céu azul escuro* (2001), do diretor Jan Sverák, que apresenta os conflitos envolvendo amor e amizade, vividos por dois pilotos tchecos que se apaixonam pela mesma mulher, durante a Segunda Grande Guerra Mundial.
a) Com a ajuda dos professores de História e de Geografia, organize uma discussão sobre o período político enfocado no filme.
b) Discuta com seus colegas de turma as muitas formas de amor expressas no filme, inclusive, aquelas relacionadas à amizade.